二十歲

胡晴舫

獻給國瑭

幸福是惡魔發明的神話，
為了使我們絕望。

——古斯塔夫・福樓拜

目次

第一章　離開的人　009

第二章　活著的人　099

第三章　留下來的人　185

後語　214

第一章

離開的人

四月雪，大約就是這般景色吧。

晴空湛藍，無雲無風，校園草木翠綠，萬物逢春生長的四月天，幾株古老的流蘇樹皓皓盛開，白色花瓣漫天飛舞，宛如白雪霏霏，在褐磚文學院前憑空鋪出一片潔白的雪地。或許因為冬天出生的緣故，月青喜歡冷天氣，個性也些許清冷。在台灣這塊亞熱帶島嶼長大，從小沒見過雪，月青禁不住著迷地觀賞窗外的流蘇雪景。

教室裡，空氣悶熱，夏天的腳步仍遠，台北已高溫如火爐，參加期中考的同學皆揮汗如雨，有人執手帕擦額頭，有人襯衫後背全濕了，全場沉靜，人人振筆疾書。月青沒期待湯姆會來考試，但，還是稍微張望了一下，尋找他的蹤影。她坐在角落，心不在焉，有一筆沒一筆回答試題，不時抬頭眺望流蘇樹的落英繽紛，看著、看著，人就進入了白日夢。

時間到，助教收齊試卷離開。水壩開閘般，聲浪瞬間淹沒了課堂，亂亂哄哄。有人說了一句話，另一個人高聲問，什麼，有人大叫，其他人立刻湊上去，甚至奔跑，團團圍住第一個報訊息的人，要她再重複之前的話。驚叫聲此起彼落，原來沒打算湊熱鬧的人也不由得停止手邊的活動，聲浪如潮水迅速退出課堂，只剩下那名同學叫陳玉慧的聲音在教室裡迴盪，清楚敲進所有人的耳膜，「賴水吟自殺了。」

眾聲譁然，恢復七嘴八舌。

「怎麼知道？」

「今天報紙有寫。」長臉長髮、喜歡穿長裙，有一張大餅臉的陳玉慧說。

「發生什麼事了？」

「死了嗎？」有人急切問。

「自殺能不死嗎？」

「自殺也有沒死成的。」有人笑出聲音來。

陳玉慧撥開掉落在臉前的長髮，順手塞到耳後，露出高顴骨，點頭肯定，「死了。」

「好可怕。」這些純潔的大學生滿臉驚恐，胸口起伏難定。

「死在哪裡？」

「就在她租的地方。」陳玉慧說。

「誰發現的？」

「她室友。」陳玉慧說。

「怎麼死的？」有人問，眾人不約而同屏息。

「氰化鉀。」陳玉慧說，「報紙說，她吞了氰化鉀。」

「那什麼東西？」

陳玉慧搖頭，「我不知道。」

「通常拿來毒魚用的。」同學王曉蘭說，她向來知識淵博，綽號「活動字典」。

對，另一個戴眼鏡的短髮女孩附和，小指頭那麼一點點，吞下去，一分鐘內斃命。

「不用一分鐘，當場七孔流血，兩秒鐘就夠了。」王曉蘭說。七孔流血，武俠小說才會出現的字眼。想像賴水吟鼻孔、耳朵、雙眼、嘴巴同時流出紅色液體，不知道為什麼很有電影感。兩個女孩像午夜看恐怖片一樣，嚇得抱在一起，想問又不敢問：「怎麼吞？」

粉末狀，混在一杯水裡，王曉蘭模擬舉杯，仰頭喝水，喝下去，七竅當場噴血，彈指，人就死了。

「跟喝感冒藥一樣嗎？」又有人噗哧笑出來。

搞得王曉蘭也笑了，沒錯，她舉起右手小指頭，然後用左手掐在右手小指的指甲正下方，小指指甲般的份量就能毒死一堆魚。用在一個人類身上，用不著那麼多，只要混一點喝下去，杯子還來不及放回桌上，人已喪失意識，停止呼吸，陷入重度昏迷，心臟停止跳動。氰化鉀時常用在軍事上。納粹德國結束時，希特勒女友就是喝氰化鉀陪他一起死的。戰後戈林受審，判了絞刑，就在刑前兩小時，他吞了氰化鉀，根本沒上刑場。

有人不知道戈林是誰，馬上遭到嘲笑，連戈林是誰都不知道。小字典王曉蘭解釋，他是納粹德國第二號，希特勒之下就是他了。

突然有人問，「那，賴水吟是誰？」

哄堂大笑，居然不認識自己的同學，問的人不高興起來了，「我需要知道她是誰嗎？」

「就是那個留級生。」

「不算留級，她大一唸完之後休學一年，我們升大三時她復學大二，所以她變成晚我們一年。」另一個人回答。

「所以她其實跟我們同一屆？」

「對，我們現在大四，她還在大三。」

但大家更關心她哪裡去弄來氰化鉀，嘰嘰喳喳，年輕的臉孔激動而漲紅，眼神因好奇而發亮，彷彿在討論彗星撞地球之類的百年罕見事件。賴水吟吞氰化鉀，對他們來說，如同韓國光州事件、英阿福克蘭戰爭，都是令人戰慄的新聞標題，但有點遙遠，不算他們的日常，隔靴般不痛不癢。

角落的月青站起來，收拾東西，揹起她的布袋往外走。正午艷陽鋪天蓋面而來，她臉上的皮膚感覺要燃燒了。來到大街，經過書報攤，她遲疑了一下，回頭買份報紙，捲起來握在手心，走去鳳城燒臘店。坐下來，點了一份油雞燒臘雙拼飯，盤子上擱著兩根深綠色芥蘭。她打開報紙，翻到社會版，找到黑色楷體標題：「女學生租屋處吞毒，衣不蔽體自殺身亡。」因為她的房門緊閉了一整天，遲遲沒有動靜，室友去敲門，發現只穿內衣的水吟臉色腫脹紫黑、七孔流血躺在地上，成了記者筆下一具艷屍。現場沒有留下任何遺書，自殺原因不明，已通知住在高雄的父母上來台北。月青隨便折好報紙，大口吃她的雙拼飯，狼吞虎嚥，考完試總是特別餓。

吃完飯，她順手掄起那疊報紙，塞進包包。她本來打算下午去東南亞戲院看電影，轉換心情，畢竟期中考告一段落了。走著走著，突然就不想去了。她晃進地下室的唐山書店，翻閱新書，一個字也沒讀進去。店裡大部分是同校大學生，表情倨傲，滿身芒刺，大約皆因讀了架上那些翻譯過來的西方理論書才顯得這麼深不可測吧，他們看起來對自己的知識很有把握，對萬事萬物皆有肯定的答案以及高深的論述，月青羨慕他們的智力才情，她從來不夠自信解答任何事物，容易迷惑，而且忘東忘西，往往不記得方才讀過的東西。

她爬上樓，重新回到街面。附近有攤胡椒餅，香味四溢，搞得她又飢腸轆轆了。她轉身朝辛亥路方向，沿著巷子走，經過其他書店、咖啡館、茶館、小吃店，裡面坐滿了許多跟她年紀差不多的年輕人，似乎也有剛考完期中考的大學生，表情輕鬆，歡愉談笑，每張臉都璀璨如小太陽。陽光曬著，她繼續走著，她腳底下本來有條灌溉用的瑠公圳，隨著台北都市發展，在她出生之前，已填平成路，鋪上柏油。遲早，有一天她自己也會像這條被遺忘的水圳埋在地下。時間是沒有堤岸的河流，俄裔法籍畫家馬克．夏卡爾有幅名畫，以此為題，湯姆之後在他自己宿舍的牆面上塗鴉這句話。月青來到辛亥路口，前方一座龐然巨大的高架橋，太陽的光束從水泥橋座的縫隙中，像銳利的箭，射向她的眼睛，逼使她瞇眼，恍惚之間，似乎看見半空中，漂浮著人們居住的房舍，相愛的戀人依偎著飄過，白色獨角獸踩著紫色雲端，長了翅膀的魚在拉小提琴，原以為只有荒謬夢境才會發生的景象，其實是人類記憶的碎片，煥發童話的色彩，隨著時間四處漫流，散佈在四周的現實裡。

夏天，她就要大學畢業了。

月青剛進大學時，系上戲劇公演，每個年級都要推一齣戲。有名嘉義上來的學生叫辜榮堂，長了一張白淨的寬臉，戴黑色細框眼鏡，會寫詩，懂沒人聽過的冷門藝術電影知識，替自己取了一個最常用的英文名字「湯姆」，大家喊他湯姆湯姆地，喊到後來幾乎忘了他的中文名字。湯姆有點奇妙，他什麼都知道、什麼都想知道，他什麼都做、也什麼都想做，剛進大學幾個禮拜，具歷險性格的他已經加入許多社團，認識了許多人，幫忙組織大量活動。當湯姆自告奮勇擔當他們這一屆的導演，大家都才大一，誰也不認識誰，連校區都還搞不清東西南北，不知道戲劇公演是什麼概念，遑論要組織大家協力合作，他的熱情進取就成了大家的救兵，所有人默默鬆了一口氣，集體同意推舉他。

他不知從何得知愛爾德作家王爾德，十九歲的他自信滿滿，毫不猶豫選了王爾德十九世紀末寫的英文劇本《不可兒戲》，要帶著一群台灣孩子用英語演戲。他煞有介事舉辦了演員徵選會，廣邀任何有興趣演戲的同學來試鏡。其中有個住在鄉下的十八歲純真少女角色西西莉，他在兩名同學林月青和賴水吟之間猶豫不決，最後他挑了月青，另一個同學郭世偉與她同演一對情侶。湯姆認真手畫了工作表，分派工作給每個人，規定每週二和四晚上七點，擔任演員的同學需要去新生大樓的空教室排練。

進入第三週，第五次排練時，世偉不肯繼續，他停下來，手執劇本，眼神哀怨，低喚湯姆，「哎。」

湯姆抿嘴，不答。

「你跟她說清楚吧。不然，我演不下去。」

月青不明所以，來回巡視兩個男孩的臉。氣氛尷尬，一會兒後，湯姆對月青說，「走吧。」

她跟在湯姆身後，一前一後，一路毫無交談，去到大學新生南路側門的麥當勞。八〇年代末的美式連鎖店在台北，窗明几淨，物美價廉，尤其夏日冷氣充足，附近大學生均拿來當讀書中心。湯姆點了奶昔，她喝熱紅茶加鮮奶油。兩人對坐。

「世偉說我看著你們，他沒法排戲。」他說。

「你是導演，不然呢。」

「對啊，我是導演。」

「你是導演。」

「他不自在。」

「他這個人怎麼……」月青皺眉。

湯姆單刀直入，「因為我喜歡妳。」

月青整個人僵住。這段戲沒經過排練，她措手不及。

湯姆輕笑，企圖淡化告白的嚴重性，「世偉上週末突然來宿舍找我，怪我都沒在看他演戲，他很喜歡演戲，非常重視這次機會，但身為導演，我都沒在關心他的表演，不給他任何評語或指導，特別偏心妳的部分，他宣稱他發現我看你們排戲的眼神很不尋常，台上明明有兩個人，我卻只看著妳。他用了一個詞，癡迷。說我癡迷地盯著妳，一舉一動。他於是懷疑我是不是喜歡上了妳，但你們要排情戲，戲裡，他得甜言蜜語勾引妳，拉妳的手，說不定還要親吻妳，讓妳愛上他，嗯，讓妳的角色愛上他的角色。而我這個導演，戴著眼鏡，總共四隻眼睛瞪著你們談情說愛，世偉說他實在演不下去，要我跟妳講清楚。」

月青腦子裡飛過無數念頭，但她一句話也說不出來。她整個人傻了。以為自己是世上最寂寞的人，孤獨度過了童年及青少年，堅信因為自身古怪的性格和不出色的容貌，絕對無人慾望想跟她這頭怪物說話，而她這頭怪物也不想跟任何人說話，她自卑又自大，因為無把握會認識任何對她友善的靈魂，她的內心也逐漸長出了一層薄繭，使她變得冷漠，不願與其他人為伍。她個頭瘦弱，像十四歲男孩，卻有雙大腳，下巴永遠長滿青春痘，據說那是胃腸不好的症狀。就像美國小說《小婦人》四姊妹中的老二約瑟芬，她全身上下唯一算是美的地方是一頭烏黑而柔順的長髮，以及十根看起來屬於藝術家的修長指頭，使她幻想自己或許擁有什麼隱藏版的才氣可以寫小說還是搞劇場，但她仍相信因為自己就像一塊形狀古怪的石頭，命定孤獨終老，沒有人會做她的朋友，遑論拉她的手、跟她談戀愛，一起去海灘看日出，到夜市分食一盤蚵仔煎，買蛋糕為她慶祝生日。她從不曾想過、也不期待有人會喜歡她，但她以為沒關係。反正我活不過三十歲，她想。

她聽著自己的心臟跳動，怦怦、怦怦地，我活著，這不是夢。然而她面無表情，因為完全不知所措。怎麼可能。

湯姆喝他的奶昔。空氣充滿炸薯條的香氣和美國流行音樂，四周全是大學生的喧鬧聲，只有他們兩人像演默片一樣對坐，沒有對白。

「哎，妳不要有壓力。我沒別的意思。」湯姆善解人意地說。

月青木訥地點頭。

那個晚上，就這麼糊裡糊塗結束了。月青不記得他們兩人怎麼說再見。但她很慶幸湯姆從頭到尾都沒有直接問她是否喜歡他，因為她會不知道該如何回答。但，他好像也不怎麼在意她的態度。他只是單純說完他想說的話，接著露出燦爛的笑臉。非常湯姆。

下個週二，晚上七點又要排練。這場只有月青、世偉兩名演員對戲，湯姆導演，加上舞台總監兼排練助理的那個綽號叫滷蛋的同學，共四人到場。月青徒步爬上綜合教室大樓的二樓，一眼就看見湯姆站在長廊的盡頭。挑高窗戶敞開，椰子樹影搖擺，夜風習習吹進來。湯姆白著一張臉，兩眼無神，駝著背，涼風吹得他上衣緊貼著他背部，峋嶙肩胛骨幾乎要刺透布料。月青直覺他正在等她，她有點不想過去，把頭一低，想要直接進去那間當作排練室的教室。隔著距離，他笑了，湯姆的笑容，圓頭顱，雙眸燦如明星，兩排白牙，左邊臉頰有顆酒窩，很像迪士尼卡通的小木偶。明明有一張天底下最開心的笑臉，下彎的眼角卻彷彿隨時會滴出淚來。他朝林月青搖手，像在道別，她猶疑不決地朝他邁進，走不到一半，忽地，湯姆一下子將自己往窗口投了下去。

月青立刻衝到窗口，一片漆黑，只有風吹椰子樹的沙沙聲。她幾乎半個身子伸出去，往下搜尋湯姆的身影。一樓的雨棚棚頂接住了他，他沒掉下去，有點像跳馬鞍似地跳過了窗口，但可能拐傷了腳踝，他想用手把自己撐起來，卻站不起來。月青轉身跑進去教室喊人。本來在等待排練的世偉和滷蛋很快來到窗口。刺蝟頭、雀斑臉的滷蛋身高一百八十幾公分，長手長腳，率先跳出去窗外，像抱娃娃似地把瘦小的湯姆從雨棚棚頂抱起來，推向窗口，世偉在另一頭拉回湯姆，兩人手忙腳亂，半推半拉，彷彿救火員出任務，將一頭受困井底的幼獸平安送回地面。世偉伸手要把滷蛋拉回來，但滷蛋運動神經發達，雙手攀住窗沿，長腿一蹬，輕鬆就躍回二樓室內長廊。

世偉斜了月青一眼，「發生了什麼事？」

月青臉色發白，「不知道，我一來，就看見他跳了。」

滷蛋問湯姆，「喂，你幹嘛？」

留長髮的世偉手指撥開落在眼前的髮絲，眼神柔和，語氣卻戲謔，「應該很痛吧，從二樓窗口掉到一樓雨棚。要跳也不找高一點，從二樓窗口掉在一樓雨棚上，這下可好了。」

「需要看醫生吧？」月青問。

滷蛋抬手看錶，「有點晚了。」

月青說，「去急診室。」

「你骨折了嗎？」滷蛋仗著高個子優勢，雙手抱胸，從上往下問湯姆。

月青輕聲細語，「怎麼樣？能起來嗎？」

湯姆坐在地上，從頭到尾沒開腔。滷蛋和湯姆住同棟宿舍，大手一揮，哎呀，宿舍有萬金油，不然我陪你去買OK繃啦。世偉笑了，他也覺得湯姆沒事。

但月青堅持帶湯姆去醫院。在兩名男孩要笑不笑的注視下，月青扶湯姆起來，兩人三腳一拐一拐慢慢走出校園，招輛計程車。月青不曉得該去哪裡，便將他帶到了家裡附近的仁愛醫院。急診處到處是人，他們坐著等，湯姆閉緊雙眼，沒吭一聲。看診時，中年醫生摸他的腳踝，東按按西捏捏，打量湯姆，也瞧瞧月青，始終沉默不語的男孩和旁邊焦慮不安的女孩，他沒多說什麼，骨頭沒斷，連X光也不用照，頂多肌肉扭傷。醫生開了外敷藥膏，月青去付錢。醫院出來，夜涼如水，車輛和星光同樣稀少，湯姆叫車回宿舍。

沒來由地，月青叫住他，喂。卻沒有下句。她不知道該說什麼，咬著嘴唇。

他笑了，他的招牌笑容，回她一聲，嗯。揮揮手，上車走了。

他們從此不提這件事。

沒演成西西莉的水吟去了一份校園刊物，關注社會議題，常跑校外。校園裡，時常見她和社團幾個女孩走在一起，像春天山坡上的羊群，總是集體行動。其中一個叫李芸生的大三女孩和她尤其要好，兩人形影不離，走路也要牽手，會穿相同的衣服，戴同樣的帽子，像連體嬰一樣，芸生的研究生男友鄭立文因此時常落單，像個路人甲似地走在旁邊，彷彿兩個女孩才是情侶，而他是夾在中間的電燈泡。

杜鵑花季結束，春天還沒走，已聞到夏天的蠻橫氣味，四處明晃晃，大太陽下，草葉曬出特有的清香。月青習慣性翹課，去舟山路校門的福利社買飲料，捧著小說，找處樹蔭，坐在走廊的白色欄杆上閱讀。那頭的校區有點荒涼，大部分是農學院的實驗園圃和教職員宿舍，寂寞如偏遠小鎮的午後。微風拂來，光影綽綽，她讀了幾行字，才發覺身後大樹下站著兩個女孩。她們對立著，也許月青個頭小，正好被廊柱擋住，也可能她們太專心於彼此，無暇注意旁人的存在。

一個女孩聲音顫抖，顯然在哭，另一個女孩說話正常，似乎不受同伴的情緒影響。因為隔著距離，月青不真正聽得清楚兩人的對話。突然，一個女孩伸手向前，似乎想要拉對方的手，對方迅速向後退，兩人由樹影下移到太陽下。原來是賴水吟和李芸生。月青一直認為水吟是個漂亮女孩，眉黛如山，小小紅唇翹而可愛，個頭不高，肩膀細緻，小蠻腰，什麼都很精緻，像尊瓷娃娃，高雄太陽長期曬出來的小麥膚色，讓她散發一股令人愉悅的健康美，而今那張五官精巧的娃娃臉布滿了悲傷的淚水。

李芸生在笑，卻滿臉不屑，句子從牙縫迸出來，一副我懶得跟你說只是不得已的姿態。然而，她的雙眸卻水波蕩漾，彷彿湖泊之下藏著神祕生物在活動，隨時會浮出湖面。大三的她短髮齊耳，方下巴，大眼睛像黑色龍眼，有張和善的寬嘴，比起大一的水吟，她脫掉了少女的柔弱氣質，眼神聰慧而犀利。

「妳不要一直哭吧，我又沒對妳做什麼。」李芸生冷靜到幾乎冷淡。

「都是我的錯。」

「為什麼是妳的錯？」李芸生笑。

「我不應該愛上他。都是我的錯。」

「不關我事。」李芸生轉身就走，幾乎像是「愛」這個字令她生理反感到馬上想彈開。

「小芸，我求求妳。」水吟叫她。

李芸生停住，沒回頭，「妳跟他之間，是你們的事。與我無關。」

「那我跟妳呢？我們呢？」

「什麼我們？又不是我和妳談戀愛。」

「我不能沒有妳。」

「妳能沒有他嗎？」

「我去跟他分手。」

「妳要跟他分手嗎？」

「妳要我跟他分手嗎？」

「不關我的事。」

「妳要我怎麼做，我就怎麼做。」

「妳想怎麼做就怎麼做。」

「告訴我，妳要我做什麼？」

「我要妳跟我分手。」

李芸生走了。大太陽下，水吟站在那裡，乾巴巴一個人，眉頭皺得緊緊，淚掉個不停卻沒有聲音，用手反覆拭淚，再擦到牛仔褲的臀部。月青走也不是，不走也不是，只能安靜待著。過了十幾分鐘，水吟才停止抽噎，眼睛紅通通，轉頭看見走廊上的月青，眼神茫然，似乎沒認出月青，月青輕輕點個頭，算是招呼，水吟沒有反應，低頭走了。

一個禮拜後，週四下午月青去上通識教育課，一名常上電視的哲學教授講述儒家思想的現代性。由於教授有名氣，從不當人，學分好拿，梯形大教室坐滿了兩百多名學生，月青找了最後兩排的角落，不一會兒，穿著鵝黃色長袖T恤、側壓了三條白色線條的藍色運動褲的水吟進了教室，坐到她旁邊。只是一個星期不見，月青感覺賴水吟整個人像是久病初癒、剛剛出院的病人，外表看似康復了，內在仍然虛弱不堪，毫無血色，活動遲緩，彷彿不小心跨入白日的吸血鬼，隨時會在陽光下化成一縷白煙。三個小時的課，她們沒有交談。下課後，兩人走出教室，沿著椰林大道走。

一路上，月青都在猶豫，要不要開口邀水吟回家。剛上大學時，月青本來時常邀住宿舍的南部同學回家玩，她家樓下開了一間韓國燒肉店，價格不貴，她父母時常要月青請她的同學留下來晚飯，帶他們過去吃韓式拌飯，尤其男孩子特別喜歡烤肉包生菜。她家境並不富裕，然而她父母總是說，這些中南部上來的孩子離家讀書，一定很孤單，因此希望給他們一點溫暖。後來月青間接聽說，不少來她家吃過飯的同學在私下議論，批評她就是愛當老大，用父母的錢收買同學人心，她覺得人言可畏，簡直震撼教育，原來人跟人的認知可以差到兩座太陽系那麼遠，從此便不敢也完全不想帶同學回家吃飯。但，水吟就像一條流浪狗，雨天無處可躲，渾身淋得濕漉漉，無辜眼神顯露渴望得到庇護的心情，月青只好將她領回家了。

月青哥哥在外地住校唸書，家裡只剩她和父母三人。她母親不愛煮飯，果然又是全家去樓下吃韓國燒烤。吃飯時，水吟很有禮貌向月青的父母打招呼，她的臉頰仍有點嬰兒肥，整齊的長髮和乾淨的指頭，典型鄰家女孩的甜美氣質，讓月青的父母立刻毫無保留地喜愛上這個女孩子。邊翻烤肉，月青的母親問水吟許多問題，高雄鹽埕區長大，父母經營一間魚粥店，沒有招牌，早上五點開，下午兩點收，總是賣到一碗不剩，附近大叔大嬸都知道要在晨運之後或買菜之後拐過來吃一碗，加幾碟小菜。水吟是他們唯一的女兒，但父母不讓她幫手生意，要她好好讀書。下午放學後，母親會讓她在最大的桌子上寫功課，每天晚上都會煎條魚給她吃，說吃魚才會聰明。而水吟也沒讓她父母失望，一路品學兼優，高雄女中之後考上台北的大學，外文系是她第一志願，這才第一次獨自離家。

「妳媽媽一定超級捨不得妳上台北。」月青的母親夾了兩塊烤肉到水吟碗裡。

「妳爸爸一定非常以妳為榮，這麼漂亮，這麼乖，這麼會讀書。」月青的父親夾醃紅的泡菜給水吟。

月青看見自家父母忙著關愛別人家的女兒，直翻白眼，內心不滿，她還沒掉淚抗議，水吟突然爆哭出來，肩頭顫抖，胸脯劇烈起伏，幾乎喘不過氣來，雙手交替抹臉，始終抹不完拚命泉湧出來的淚水，像個受委屈的兒童認真哭泣著。月青和父親保持緘默，月青的母親伸手輕拍水吟的背部。台北夜空深藍，飄著幾朵沉鬱的雲，突然就下起大雨。韓國燒肉店那晚本來就只有他們一桌客人，外面雨勢滂湃，巷弄頓時淨空，無車也見不到行人，他們坐在靠窗的桌子，彷彿置身一處孤島，為汪洋所包圍。

雨停後，月青送水吟搭公車回宿舍。準備上床時，月青的母親站在浴室門口，靜靜看著月青忙碌梳洗的背影。表達情感不是他們的家風，不喜歡母親盯著她刷牙，月青惡聲惡氣地說，「幹嘛，看什麼看。」

母親口氣也很差，「妳呀，在學校別亂搞，好好讀書。」

月青放回牙刷、掛好毛巾，越過母親，「我要睡覺了。」

母親朝她房門吼，「把身體顧好，早點回家睡覺，別成天在外混，妳最近樣子好醜，知不知道？」

房門關上之前，月青丟一句，「我醜，我長什麼樣子還不都是妳生的。」

水吟開始跟著月青，像隻忠心耿耿的寵物，四處尾隨。月青修的課跟她自己的不一樣，她也不管，她只上月青的課，月青翹課，她也翹課，月青去吃大學口的自助火鍋店和沾了花生粉的豬血糕，她也去，雖然她說她更想吃羅斯福路口的胡椒餅和新生南路上的鳳城燒臘、過了辛亥路的越南河粉。月青看電影，她跟著，月青挑什麼片，她都看。月青逛街買平底白布鞋，她買同款藍色。月青每週二、五下午都坐在總圖書館二樓溫書，她就在旁邊。月青越來越常帶她回家吃晚餐，偶而她也不回宿舍，留在林家過夜，兩個女孩子擠一張床，聊天到天亮，再一起搭公車回水吟的宿舍，等她換洗了衣服之後，兩人一路說笑走去上課。月青從小到大沒有過姊妹淘，那種做什麼都要膩在一起的女性友誼，逛街買同一件衣服，對不喜歡的人事物同仇敵愾，手拉手上廁所，她不曾體驗也不明白這種情感，說來她一直是人緣欠佳的孩子，突然平白多了一名摯友，她倒也適應得很好，完全不記得自己曾經那麼孤獨，也不記得才不久前水吟形影不離的人是另一個女孩子。她們什麼都談，彷彿彼此之間沒有秘密，但月青從沒追問那天下午她無意間當了觀眾的小劇場到底演那一齣戲，而水吟也不提。杜鵑花謝，流蘇白頭，鳳凰樹等著燃燒，她們的青春緩慢流逝中，宇宙似乎找到新的平衡，日子朝前奔馳。青春擁有自我修復的能力，或許。

期末考快到了，總圖書館沒有裝冷氣，許多學生都擠去美式連鎖店，點一杯奶昔，享受冷氣溫書，月青還是去熱騰騰的總圖書館二樓，水吟黏著。縱使窗戶大開，沒有涼風，只有陣陣蟬鳴，淡淡七里香飄散，長長的木書桌兩旁坐滿學生，各自面對一盞綠色玻璃燈罩，揮汗讀書。當夕陽灑進來，整間圖書室散發溫黃的懷舊情調，彷彿搭上時光列車，回到了二十世紀初亞洲社會正要開始西化的時候。

水吟注意到月青老是在樓梯轉角和一名高個子男孩交談，她想聽聽他們說什麼，但，他們交談時間非常簡短，太過簡短，她根本來不及走近，便已經匆匆結束。她問月青，那個男孩子是誰。

月青表情平淡，口吻無所謂，「喔，電機系學長。」

「大幾？」

「大二。」

「怎麼認識的？」

月青聳聳肩，「就認識了。」

「你們聊什麼？」

「沒聊什麼，只是打個招呼。」

「為什麼妳不告訴他？」

「告訴他什麼？」

「說妳來這裡溫書是為了和他不期而遇。」水吟促狹地說。

「妳在亂說什麼呀？」月青整個頭立刻漲成一顆紅蕃茄。

「妳知道我在說什麼。」

「我不知道。」

「別裝了。跟他說吧。」

「然後呢？」

「然後，從此就過著幸福快樂的日子。」

月青翻白眼，「最好是啦。那是童話故事。現實生活中，愛情只是一套無聊到死的肥皂劇，充滿欺瞞、背叛、拋棄、眼淚、心碎，一堆爛事，妳比誰都清楚。謝謝妳，我沒興趣。」

水吟臉色沉了，一語不發，剛剛振振有詞的月青心慌了，「喂，怎麼了？」

兩人回去書桌，試著繼續看書。天氣明明很熱，水吟周圍氣溫卻降到極地氣候，好像急速凍成冰塊，整個人冷冰冰，月青則跟自己生氣，氣到額頭發燒，討厭自己這麼膚淺，口無遮攔，時不時偷看旁邊的水吟一隻手撐著下巴，嘴角下垂，直直盯著同一行字，一頁書也沒翻。

隔天月青不想回去總圖書館的二樓，水吟並不問她為什麼，她自己多嘴解釋，天氣太熱了，速食店有冷氣，比較看得下書。她們從語文教室下課，從辛亥路後門走去新生南路側門，橫越整座校園，碧藍高空，沒有一絲雲絮，陽光照得綠葉閃閃發光，空氣清新得令人想要吹口哨。

水吟抬頭望向樹梢上的藍天，如海洋般浩瀚美麗，「天空好高，但我怎麼都飛不起來。」

月青跟著仰望，「人不是生下來就能飛的。」

「我下輩子要投胎當鳥。」

「妳以為當了鳥就一定能飛？」

「不然呢？」

「自由沒有那麼簡單吧，至少不是像鳥長了翅膀就能飛。何況我們不是鳥，也不知道鳥飛起來是否真的那麼自由自在，說不定也是需要非常努力才能飛得那麼瀟灑。我們看到的自由，其實一點也不輕盈，而是十分沉重。」

水吟安靜了很久，她們走著，她問，「那，對妳來說，自由的定義是什麼？」

「我一點也不知道。但，肯定不是那首歌唱的那麼簡單，只要我喜歡有什麼不可以。選擇是自由發生之後的行動，先要自由了，才會去選擇。而這所謂的自由，嗯，應該指的是心的無拘無束吧。這麼想、就自然而然這麼做了，世俗的眼光或什麼後果都不能令我改變心意、做出其他決定，因為我不怕。所以，真正自由的人很偉大，因為他承擔他的抉擇；他勇敢，因此才自由。」

「妳覺得妳自由嗎？」

「當然不自由。」

「因為妳害怕？」

「我畏頭畏尾，懦弱極了，膽子不比一粒芝麻大。」

「那妳嚮往自由嗎？」

「當然，但我不知道我有沒有資格談論自由。說不定我不值得自由，因為我不確定自己有能力捍衛它。」

月青嘆息搖頭，自憐自艾，卻發現水吟沒跟上來，她回頭尋找水吟的身影，她停在二步之遙，愣愣注視校鐘的方向。這間大學曾有位校長姓傅，他希望學生每天二十四小時至少花兩個小時思考，靜心反省，因此校鐘永遠只敲二十二下。校鐘下此時集結了大批學生，隔著距離，月青聽不清楚他們的主張，似乎關於學生會選舉辦法有關。月青一眼看見了湯姆那骨瘦如柴的軀幹擠在人群縫隙之中，一顆大頭像貢丸插在筷子上，眼神亮晶晶，正聲嘶力竭喊口號，她不禁關切他的五臟六腑是否也會跟著從他嘴裡吼出來。她手肘觸碰水吟，想引她注意湯姆，但水吟兩眼發直，動也不動地凝視那名站在人群前的學生，中等身高，短髮，戴眼鏡，皮膚白皙，原來是鄭立文。畢竟是研究所一年級生，他氣質比其他大學生成熟，表情冷靜自若，拿著擴音器說話，並不激情，但每說一句話都像是朝水池丟石頭，在群眾中激起陣陣漣漪。水吟宛如石化了一般盯著鄭立文和他旁邊的李芸生。鄭立文喊一句，李芸生、湯姆和其他學生就跟著喊一句。全部人的情緒十分高亢，唯獨水吟這尊萬年石像，動也不動。鄭立文的視線朝她們這邊投射過來，卻似乎沒看見她們，很快就移開了。

月青喚水吟，後者充耳未聞，好像靈魂脫離了軀殼，月青左手攫住她的左手肘，右手環過她的肩頭摟住她，半扶半拉，強硬將她拉走。穿過文學院和圖書館之間的林蔭道路，去到寂寥無人的操場。水吟滿臉淚水混著汗水，彷彿一條剛上岸的美人魚，全身濕噠噠，突然不會走路了，短短一段路，她們倆在太陽下走了很久，月青前襟後背全濕成一片，好不容易拉著水吟坐在操場的看台。太陽西斜中，地面仍散著熱氣，月青覺得口乾舌燥，很想去哪裡買兩瓶冷飲，面對空曠的操場、旁邊還有籃球場以及網球場，離各式可能的飲料場所都非常之遙遠，月青覺得沮喪。

水吟沒有聲音，眼淚如斷線珍珠撲簌簌地掉，月青默默遞給她一包面紙，她抽出一張，用力擤鼻涕，聲音之大，突然出現喜劇效果，搞得她自己破涕笑了，「哎，我真是太糟糕。」

「還好啦。」

「別人搞革命，我只為了自己的小情小愛在哭泣。」

「別人沒空管你，偶而自己替自己哭一下，有什麼關係？」

「我真的很恨自己。」

「為什麼？」

「因為我太沒有用了。」

「什麼意思？」

「我搞砸了。他們是我世上最喜歡的兩個人，我愛他們勝過任何人。只要跟他們在一起，即使只是肩並肩走在路上，我都覺得安心，此時當下，任何微小事物都突然有了重大意義，譬如鳥叫就是天堂傳來的訊息，下雨就是宇宙在流淚，隨手寫下一行字是為了改變這個世界，行動就是在寫歷史，我們每一個人都是帶著使命出生的。我從小努力讀書，卻不知所為何事，直到認識了他們，才恍然有了根本命中注定的領悟。聽起來很可笑，我知道，我只是要說，我真的很愛這兩個人。我只想跟他們在一起。舊曆年過後，我下了課，隨便在大學口吃了肉圓，興沖沖帶零食和啤酒衝去他們兩人在師大路、羅斯福路口的住處，只有立文一人，他說小芸回家跟家人吃飯，晚點就回來。我和立文先各自開罐啤酒聊天。我回高雄過年，只是幾天沒見他們，卻感覺一整個冬季過去了。他們租屋處一房一廳，房間席地擺張雙人床墊，沒有床架，客廳有個開放式廚房，沒有沙發，只有一張大面積的矮桌，旁邊散落一堆五顏六色的靠墊，他們就用那些靠墊坐在地上，在矮桌吃飯、看書寫東西、聽音樂，社團的人來時就每個人拿個墊子、圍桌討論事情，很方便。我們兩人邊等小芸邊喝啤酒，雖然已經開學了，仍有假期的愜意，立文顯然也心情不錯，他說，喂，妳注意到了嗎，這是第一次我們兩人單獨相處。突然意識到小芸的不在，我們兩人頓時安靜下來，誰都沒說話。當他的手伸入我的衣內遊走，我才回神過來，我們兩人已經滾在那堆坐墊上彼此親吻了好久，我渾身燃燒，很像引擎過熱、冒出火花，車子隨時都會爆炸。我記得，我們兩人全身赤裸躺在那堆墊子上時，立文問我冷不冷，我點點頭，他去他們床墊取被子，我當時遲疑了一下，我想，天啊，那是他們兩個人每晚一起蓋的被子，真是瘋狂。小芸回來時，帶回來一些家裡打包的飯菜，我們自然而然吃了起來，三人把剩下的啤酒一起喝完。那個夜晚平靜地結束，非常美好的回憶。」她頓了一下，「事後我並沒有任何罪惡感，反而覺得這是天經地義應該要發生的事。因為美麗的事物怎麼可能有錯，就像滂沱暴雨之後突然從濕淋淋樹葉射下來的第一道陽光，總是充滿了聖潔感，彷彿神蹟。我想立文也持相同想法，因為我們開始在其他時間單獨見面，從來不需要對彼此明示心意，卻極有默契，我愛他，我知道他也愛我。每次見面我們都無法停止觸碰對方，所帶來的巨大快樂，我甚至無法描述。慾望就像一個強大的漩渦，我完全無法控制，只能放任自己耽溺，我迷戀那股無力感，我喜歡全身被海水強力捲走的感覺，即使感知自己可能會淹死也不管。那就叫墮落嗎，可能。我只知道我很快樂，貪戀那種歡愉，完全無法也不想自拔。」

水吟睫毛仍沾著水珠，眼神迷惘望著操場。風在地上跑，跑出塵沙，樹葉婆娑，車聲很遠，時間似乎靜止。

水吟重新開口，「我把愛情想得太簡單。我以為愛最重要。愛是一切。愛，或不愛，都是黑白分明，並沒有灰色地帶。只要誠實面對自己，愛情向來透明清澈。謊言不是愛情，只會傷害愛的本質。立文那麼聰明理性，能夠分析天下事，他不可能不比我知道愛情的道理，而小芸她是如此晶瑩剔透的一個人，一定明白愛情如同小鳥嚮往自由，你掐在手裡，不但不能擁有牠，只會令牠奄奄一息。我們相愛既成事實，我以為立文會和小芸提分手，或許他們並不相愛了，我只是他們提前分手的觸媒。我相信愛情，我沒有內疚，不覺得我對不起任何人，因為愛情這隻小鳥現在停在我的肩頭，明天牠也可能無預警地飛走。我不求天長地久，但求長長久久。那天我翹了課，和立文見面，兩個人坐在溫州公園，也沒特別做什麼，只是挨著肩坐在一起，偶而自以為很隱密地偷一個吻。我的心情特別高昂，滿天烏雲很好，一直盯著我們看的無聊老人也覺得可愛，摩托車排放廢氣並不讓我皺眉頭，我只是開心坐在那裡，當下此刻，和他在一起。小芸剛好經過，不知道她為何出現在那裡，她只是隔著距離瞥了我們一眼，就那麼一眼，什麼話都沒說，就走了。她當晚沒有回去他們住處，接下來好幾天也沒回去。立文打電話去她台北父母家，她父親總是回覆她不在，我去小芸課堂等她，她也沒去上課。立文開始躲我。突然，剩下我孤單一個人。我想，這不可能啊。我們說的可是我們這三個人。我們跟別人不一樣，我們不流於俗。尤其我們彼此相愛，我們不會去傷害對方，我們一定能夠坐下來，和平討論，爬梳自己的情感，做出最佳的安排。我對我們有信心。我們可是要一起攜手走向幸福的結局。」

「但，談到感情，很難像妳說得那麼客觀理智，拿手術刀切掉腫瘤，麻醉醒來之後也是會痛的。」一月青說。

水吟堅持不懈早晚撥電話找李芸生，一週之後，李芸生終於接了電話，同意見面。她們約在舟山路側門見面，因為那頭校園偏僻，少見人跡。水吟早早就到了，李芸生則遲到了十五分鐘，當她遠遠看見水吟耐心等在那裡，她想轉身離開，但水吟追上了去，拉著她不讓她走。李芸生雖然人來了，卻不想講話，水吟準備了千言萬語，卻不知道要說什麼。兩人無言以對五分鐘之後，李芸生面露不耐，準備走掉，水吟才急急開口請她原諒。

「很可笑，因為我原來並沒有要請她原諒。要原諒什麼，我沒做錯，我不曾選擇愛情，是愛情選擇了我。縱使依世俗眼光來看，我是爛人，搶了好友的男朋友，但，我愛上了他，他愛上了我，我們沒殺人放火，這不是非法搶劫。如果愛是一種罪，我心甘情願當個罪人。如果他們依然相愛，不願分手，我也準備好了分享。因為我不打算放棄他們兩人任何一個。我們不是俗人，我們可以的。沙特和西蒙波娃可以，我們也可以。然而，當我與她視線接觸的那一刻，我就懊悔了。我懊悔一切。我恍然領悟，我傷害了她。就這麼簡單。這跟立文無關，而是我和她。不是立文使她痛苦，而是我。打碎她的心的人，是我。」

她永遠忘不了芸生的眼神，雖然一如往常地倔強，遺憾卻像礦脈深深埋進她的瞳孔之中，閃爍悲傷的底蘊，因為自己已遭遺棄，生命中某個珍貴的部分已永久失落，無論如何都不可能找得回來。生命可以重新開始，但再無當初。

水吟肅靜了很久，才開口，「她知道，我知道，我們將從此哀傷。這份哀傷已然造成，將成為我們對彼此的最後記憶。她與我都將帶著這份記憶活下去，直到我們各自不知在何處終老。而我，不僅同時失去了愛情以及友情，也遺失了我喜愛的那個自己。我喜歡那個跟他們在一起的自己，無憂無慮，對萬事充滿好奇，像快樂的精靈，總是拍著透明翅膀飛往明亮的地方。但我已經永遠失去她了。我剛剛看見他們在一起時，我才明白，那個發誓永遠不跟他們分開的我已經不在了。而我多麼思念那個純真無邪的我。從今以後，我學會了什麼叫遺憾。好痛，這裡好痛。」水吟掄拳重重捶向自己的心口。月青伸手去拉住水吟的手，不讓她繼續。

隔壁的籃球場有人獨自黃昏打籃球，咚咚，咚咚，籃球持續擊地，以晚霞為背景，那個聲音顯得特別孤單，好像一個人對著逐漸亮起來的星星在喃喃自語。單調的籃球聲似乎安撫了水吟的神經，她抬起紅通通的眼睛，眺望籃球場，呆滯，愣愣地，鼻音很重：「這世上孤單的人可真多啊。」

月青認出了那個打籃球的男孩，跟她們同班，「那是劉正元。」

「喔？」

「嗯。」

「我記得他個子很高，人很和善，他一人打球？」

「他不怎麼跟人來往，滷蛋跟我說他父親經商失敗，欠下千萬債務，他來學校上課，下了課馬上得去打工，不跟其他同學混，他說他此生已不可能追夢，只能專心還債，什麼賺錢就從事什麼工作。」男孩似乎感覺到她們的目光，停下來，雙手捧著籃球，向她們這邊看過來。

太陽完全落下前的魔幻時刻，金黃色光線為萬物鍍金，時空凝結了，正在邁向永恆。水吟低聲問，「我們以後會快樂嗎？」

月青不能回答她的同學。

夜晚很快籠罩了她們，劉正元不知道什麼時候已經離開，校園外一排商店燈火通明。月青問：「要不要去吃越南河粉？」

水吟笑了，比哭更像哭，「不要，我要去妳家樓下吃韓國烤肉。」

隔日早晨，月青雙眼惺忪從公車下來，從新生南路側門進學校，眼前突然落下一片陰影，跟樹一樣高的劉正元雙手捧著什麼東西，擋住她的去路。

「給妳。」他聲音很溫柔。

月青這才看清，那是一個正方形的鮮牛奶紙盒，裡頭裝滿了清水，浮著一朵白色梔子花，花蕊粉黃，清香撲鼻，「這是什麼？」她心裡真正想問的是，這是什麼意思。

男孩的笑容因為灑滿陽光而天真爛漫，「我在地上撿到這朵花，剛剛盛開，卻從樹上掉下來了。」

「這是你喝過的牛奶盒？」月青問。

「對啊。」

「喔。」說真的，她也不知道要說什麼了。

「妳知道我喜歡妳吧？」

她低頭。不就不想你說出口嗎。

「但，說真的，我不知道我有沒有資格談戀愛。」

她抬頭，瞪著男孩。

「妳大概知道我的狀況吧。滷蛋一定告訴妳了，那傢伙其實也偷偷喜歡著妳呢。我的人生還未開始，就已經毀了。我現在唯一希望就是娶個有錢的老婆，求她拯救我的人生。但，今天，我只想送這朵花給妳。」他始終微笑著，雖然天天打球，皮膚卻白皙，下巴冒出稀疏的鬍渣，沾一抹剛剛吃完麵包的奶油，眼鏡後的黑眼珠閃爍如陽光蕩漾的湖面，穿著帶領的白色運動衫，黑色運動褲收褲腳，襯得腿很長。他背著黑色運動包，快步離開，留下月青傻在路中間，愣了很久。

她從不是什麼好學生，翹課翹得厲害，沒努力溫書，但也不夠叛逆到什麼都不管不顧，終究乖乖參加期末考，交出難看的期末報告，成績不好也把大一唸完了。暑假開始，水吟回高雄，月青留在台北，在家附近找份英文家教工作，週二、週四下午三點到五點，陪高中生背文法和單字。身材壯碩的學生帶著厚重眼鏡，駝著背窩在椅子裡，怎麼都無法記住動詞變化，月青也不怪她，炎炎暑日的下午三點到五點，本來就該拿來午睡，怎麼可能拿來死背語文，不如去游泳池，等頭腦清醒之後再做打算。但學生的母親為自己的高二女兒排滿了課表，像訓練賽馬參賽一樣嚴格，不容任何疏失，等不到暑假結束，她便發現自己女兒英文一點都沒進步，很快決定停損，直接解雇了月青這個平庸的英語家教。月青也鬆了一口氣，她當時已加入一個新創的職業劇團，說是職業劇團，但，台灣劇場環境那麼艱困，很難當作正職，大部分人都像月青仍是學生，以免費志工形式在裡頭打雜。劇團導演人稱寬哥，名符其實有張方正的寬臉，金絲鏡框配上瞇瞇眼，厚實的後背，使得他看起來像個中年的公務員，他的演員女友兼製作人林美珍臉蛋十分美麗，長髮及腰，自帶明星的氣場，兩個人看似精明成熟，篤定自己在做什麼，其實也剛從大學畢業，不脫青澀，拿他們在學校學到的一招兩式，準備改編英國文豪莎士比亞的名劇《羅密歐與茱麗葉》，搞一齣台灣土產的音樂劇。月青經朋友介紹，進去當排練助理，興奮得不得了，她以為自己也跟職業劇場沾上了一點邊。

上台演茱麗葉的林美珍深信命運，什麼都要算命，自認通靈，無論過去或未來，她都有上天打電報給她的正確答案，包括她自己的愛情。她宣稱她和導演緣結七生，這輩子是第七世，這生結束之後，他們就會比翼飛回天上當神仙伴侶，再也不會下凡。準備要演羅密歐的男演員是他們這對情侶的大學學弟，深凹的眼窩，頭髮濃密自然捲，據說因為媽媽的緣故，有一半泰雅族血統，人很俊俏，剛拍了一齣電視單元劇，雖是小配角，畢竟上過電視，在其他人眼裡，已頭戴名人光環，無論什麼場合，旁人都不自覺給他特別禮遇，因為他剛好姓王，大家便暱稱他王子。排練地點在水源市場附近的一間地下室，白天是是兒童舞蹈教室，晚上借給劇團排戲，兩面牆貼鏡，黑膠地板，演員站著排練，導演坐在地上，她就四肢著地，跪在旁邊記錄排練，被當苦力買便當、搬道具，做些再瑣碎不過的雜務，她沒有抱怨，可能因為她以前從沒有見過這類人，沒想過這種生活，她樂於在旁當一隻不起眼的角落生物，充滿興趣觀察他們。

開學註冊當天，她匆匆忙忙從水源路衝到椰林大道。秋老虎的尾巴，酷毒掃過校園，學子都回來了，散開群聚，到處有人在高聲談笑、打鬧，四周鬧哄哄，校園依舊青春，並無明顯變化，跟夏天開始前差不多。獨獨缺了水吟這個人。同是高雄上來的同學說，水吟決定休學，請她幫忙退掉宿舍。

水吟回高雄前給了月青她家店裡的電話，月青試撥電話過去，兩、三次都無人接聽，後來她想到那是一間早餐魚粥店，賣到下午兩點就休息了，便找了一個上午，下課空檔，在福利社前面的公用電話亭投幣打電話。電話響了很久，沒人接，她重撥一次，第三次有人很快接起，「喂。」中年男人聲音非常倉促，充滿疲憊，顯然手邊正在忙什麼，背景全是沸騰人聲，還有碗盤碰撞聲。

「您好，我找賴水吟。」

「她不在喔。」對方隨即掛掉。也不問她是誰，為何會打電話找水吟。

她寫信去高雄，暫時沒收到回音。劇團十月中旬要開演，在敦化北路上一間容納八百名觀眾的中型劇場，演出三天四場，排練時間越來越密集，她變得忙碌，很少上課，但她仍去總圖書館二樓溫書，去了幾個下午，都安安靜靜。不是考試期間，圖書室空蕩蕩，陣陣清風，吹得月青昏昏欲睡，她決定下樓去伸伸腿。樓梯轉角處，那個男孩一身汗水，短褲，單手抓籃球，背著一袋子書，全身熱騰騰上樓，宛如古希臘劇場結尾時的機械神，於雲霧之間降臨。

月青猶豫要不要假裝沒看見，他停下正在上樓的腳步，「嗨。」

他聲音低沉好聽，問她暑假過得如何，濃眉下的單眼皮對著她，月青覺得自己好像被天上的流星撞昏，整個人就要暈過去了。她有點結巴，講自己去當英文家教，但因為學生沒進步，不到兩個月她就被炒魷魚了。還有自己開始在小劇場當排練助理，導演和製作人是男女朋友，他們宣稱是七世夫妻，儼然老闆和老闆娘，經營劇團像是家庭生意，老闆管事，老闆娘管帳，對待其他團員都像家裡的長工，幾乎不支薪，卻什麼都要做，任他們差遣。只有那個剛演完單元電視劇的小明星受到特別待遇，不但有演出費，還要什麼有什麼，據說他假日時喜歡切片黃瓜當面膜敷臉，將自己眉毛全部拔光，所以可以為了角色隨時變換眉型，月青加一句，不過，他確實有點才氣，頗會演戲，歌喉也不錯。

他眼神像夏日豔陽下的海水，閃閃發亮，身上散發陽光曬過的味道，月青耳根發熱，前言不接後語亂講，慌亂之中，兩人眼神對撞，月青心跳立刻漏了一拍。她對自己感到絕望，不知道該說什麼，隨口回問：「那你呢？」

「我雙修物理系，整個暑假沒有休息，還是天天來總圖讀書，一、三、五上午游泳兩千公尺，二、四打籃球兩小時。」他簡短總結。

月青喔了一聲。

「劇場，能賺錢嗎？」他問。

月青聳肩，「不知道，我純粹為了興趣。」

「妳做事只是為了興趣？」

「不然呢？」

「妳沒有想過未來？」

「想了也沒有用吧。」她自以為幽默，呵呵乾笑兩聲。

「妳們女孩子就是命好。」

「什麼意思？」

「我們男孩子沒得選擇，我們需要賺錢養家。」

「女孩子也可以賺錢養家。」月青生硬地回話。

「是這樣子嗎？」

「對。」月青聲音很大，在圖書館空間迴盪。

「那娶到妳的男孩子真幸福，我未來的老婆應該不會讓我好過。」

月青晴空般的心情慢慢飄過一朵雲，陰暗了起來。

他笑笑，「不過妳外文系，至少以後可以當董事長祕書或英文老師。」

她還是沒搭腔，胸中那朵烏雲越擴越大，但她無法解釋自己為什麼突然不開心，她的頭逐漸低了下去，她已經不能看著他的眼睛。她得好好想一想。

幾秒尷尬之後，他問，「妳同學呢？」

「哪個同學？」月青勉強回問。

「個子小小的，頭顱圓圓的，鼻頭翹翹的，側面像漫畫小亨利，跟妳形影不離的那個。」

「她休學。」

「為什麼？」

「不知道。」

「我以為你們很要好。」

「她沒告訴我原因。」

他點點頭，算是結束了談話，他繼續往上走，月青往下，走出迴廊，來到圖書館前的杜鵑花圃，不是花季，杜鵑花叢只是一團綠葉，宛如不知名的熱帶矮叢林。秋老虎太陽劈頭蓋面而來，她整個人有股飄浮的感覺，腳不著地，很想飛往很遠的地方，無奈卻沒有風力可以送她一程。自己的情緒突然被攪動，她覺得自己是世上最可笑的一個人，恨不得撞地、撞樹、撞什麼堅硬的東西都好，讓疼痛掩蓋她現在這些亂七八糟的心情。

十月下旬劇團如期演出，雖排演時大家滿懷希望，認真做好所有小事，最終上台之後的結果竟十分平庸，讓人打呵欠，幾乎沒什麼舞台設計，服裝說不出哪裡奇怪，茱麗葉一襲素色長袍裸肩，羅密歐花袖襯衣加緊身褲，看起來比較像芭蕾舞劇的打扮。平常排練時羅密歐歌喉迷人，開演上台之後，聲音卻完全被舞台吃掉了，彷彿私底下漂亮的素人到了鏡頭前硬是缺了點明星味。茱麗葉容顏出色卻不能演戲，唸台詞就像火車站廣播在報站名，每次她一開口喊羅密歐，就像聽見列車長在說「桃園，桃園到了」一般平鋪直敘。後台倒是合作無間，幾個無薪的學生助理在換幕之間摸黑搬道具、幫演員換裝，流暢有默契，舞台監督留著小鬍鬚，總是面無表情，燈光和音樂轉換毫無錯誤。劇團導演可能因為緊張，天天心情都很差，違反他一貫的和善性格，不斷挑剔工作人員，說出許多可怕的話，像是他的茱麗葉每天演戲還要張羅便當給大家吃、而尊貴如她又何必做這麼下賤的事等等奇怪的言論。王子總是頤氣指使的態度，剛開始很有趣，到後來大家覺得名人也只是個人，算不上封建權貴，不必永遠這麼高人一等，把其他人當奴僕使喚。戲演到後來，已不再是一個應該信奉平等、自由、博愛的藝術團體，比較像是家庭企業，除了家庭核心成員以外，其他人都只是提供廉價勞動力的臨時工。然而，媒體劇評卻很好，幾個平常來劇團和導演聊天的長輩原來都是擁有文化資源的人，他們紛紛在公開版面讚揚，年輕的林月青學會了第一課社會學，所謂的台北文化圈子就是這回事，誰是誰的誰才是唯一的美學標準。既然媒體口碑這麼好，於是得到台南方面邀請，十二月底，原班人馬南下演兩天。月青負責換幕時撿小型道具，還有一幕協助王子在台上摸黑換裝，她也跟著下去，不支酬勞，一天兩個便當加住宿，她當作自己去台南小旅行。

劇院很大，可容一千兩百人，月青很喜歡，但，飾演十四歲茱麗葉的長髮女演員兼製作人晃過來，閃著靈動大眼，警告她不要亂走，尤其是貓道，劇院建造時曾經摔下一名工人，他一直沒離開，始終在後台飄蕩。晚上回到飯店，紅唇皓齒的茱麗葉又圓睜著水靈靈的眼眸，直勾勾瞪視月青，警告她，半夜若聽見很多小孩在走廊奔跑的腳步聲，千萬不要因為好奇而開門探頭查看，他們會衝進房間把你帶走。

到台南的第四天，星期日下午場演完，月青在後台幫忙收拾，工作人員準備拆台，當晚要回台北，體型健碩如擔任保鑣之類工作的舞台總監一身黑，下巴蓄鬍，工作用的耳機還掛在頸間，走過來找她，有觀眾找妳，說是妳的朋友。月青遲疑了一下，可以嗎，他點點頭，沒差，我們可以，妳去吧。

月青穿過舞台，看見觀眾席仍坐著兩名容貌相仿的女性，年長的那個看上去就是媽媽，短髮滿頭燙小捲，大花圓領棉衫搭黑裙，薄施脂粉，微駝的背，長期曝曬於太陽下，在臉頰、手臂留下許多黑斑，顯示了終年的勞動生涯，此時雖然笑容滿面，眼底卻盈滿了疲憊的光影，透露著憂愁，另一名年輕女性應該就是她的女兒，也是燙滿小捲的短髮，整張臉胖嘟嘟，擠得五官都不見了，個子本來不高，因為胖而顯得更矮了。遠遠地，月青疑惑為什麼她們會指名找她。及至走近，那名女兒喚了她的名字，月青。熟悉的聲音，月青微微震了一下。

「水吟，妳來了呀。」月青說。

「我和我媽從高雄來看戲，我翻節目單看到妳是排練助理，想說跟妳打個招呼。」水吟笑起來眼睛還是彎彎地，而今不再閃耀星光，只剩下一條鉛筆畫的黑線。

「妳喜歡嗎？」月青想問妳好嗎，怎麼沒回台北上課，妳發生了什麼事，為什麼胖成這個樣子，妳生病了嗎，是因為吃藥的關係嗎，妳為何不告訴我，我一定會來看妳，妳的病好了嗎，她想問一千個問題，可是她無法，甚至不能直視水吟，她怕自己會哭。

「還不錯啊，畢竟是莎士比亞啊。」水吟無精打采地微笑，魂魄似乎在很遠的地方，還沒有走回來。

「不覺得慘？」月青想開玩笑。

「美的東西本來就慘。」

水吟的媽媽開口，「我們家阿妹跟我說，她有陣子常去妳家，妳爸媽招待她吃韓國烤肉，她喜歡得不得了。謝謝妳照顧她。」

月青想哭，想抱抱水吟，想向水吟的母親道歉，不，我一點都沒有照顧水吟，如果我以前以為我有，我今天明白我根本做得不夠。她勉強回答，「應該的，賴媽媽，我們是朋友。」

「我們家阿妹個性比較強，你們同學都還可以接受吧。」賴媽媽說。

「不會啊，水吟很可愛，大家都喜歡她。」月青說。
「妳亂講，哪有大家都喜歡我。」水吟駁斥。
月青點頭，「有，都喜歡妳。至少比我好多了。」
水吟轉頭跟她媽說，「妳別聽她亂說。」
「真的。」月青用力點頭，堅持。
賴媽媽整張臉笑了，眼睛依然沒笑，沒再說什麼，伸手撫摸自己女兒的頭，劇院觀眾席燈光昏暗，水吟年輕的烏髮微微閃著幽光，胖胖的臉頰擠出兩顆蘋果，但她同她的母親一樣，整張臉在笑，眼睛沒笑。
悲傷像一頭狡詐的猛獸，睜著血紅的雙眼，潛藏在劇院的幽暗角落，屏住呼吸，伺機而動，隨時可能一躍而起，攫取他們這些手無寸鐵的獵物。月青意識到，往後人生每一刻，只要活著，他們這些可悲的人類時時刻刻都將盡力卻徒勞地逃避這頭野獸的襲擊。賴媽媽清清喉嚨，表示他們要趕火車，只得告辭。身高體型以及髮型都差不多的母女，推開劇院出口的厚重門扇，逆光走向外面的街道。

回到台北，學期結束，舊曆新年過完，月青也離開了劇團，曾經令她興奮的藝術神聖光環，如此快速消退了，只剩下人類社會的心計功利，她覺得沒什麼意思。她唯一懷念的，反而是美貌製作人的瘋狂鬼故事，那些神仙遊蕩、魂魄穿梭的多重宇宙像一部俗爛的奇幻小說，雖然寫壞了，卻依然勾勒出一個想像世界的輪廓，令她想起小時候閱讀的那些話本、小說，虛構的宇宙往往才有追求真善美的野心，她想，難怪有些人會這麼迷信，那些怪力亂神說穿了是人類的癡心妄想，渴望有股看不見的力量會神祕地幫助他們得到現實生活中不可能得到的正義。

她回到學校，卻越來越不喜歡上課。她沒有了追求，像一艘引擎壞掉了的船，漫無目的，只是隨波逐流。她交了一個外校男朋友，就更不常在校園。她的男孩主修哲學卻一本書也不讀，喜歡打撞球和騎摩托車，高中就開始抽菸，身上總是飄散淡淡的煙味，眼球因為深度近視而微凸，長期黑眼圈，月青叫他「熊貓」，坐在他的摩托車後座，手環著他的腰，去海邊看日出，去山上看月亮，月青不曉得他為什麼對她如此有耐心，二十歲之前他們都還是陌生人，突然他們認識了，他竟然完全無條件接受她，不可思議。她知道自己既不漂亮又不體貼，沒辦法說情話，不懂製造甜蜜，雖然她留了長髮，也會穿裙子打扮，但並不符合社會主流對女性美的期待，像是細聲細語說話、盡量不與人爭論，她雖然對人生沒打算，卻意見很多，對什麼都有尖刻評論。男孩從來沒提過他對這段愛情的期待，他話不多，生性平和，眼神溫和如幼鹿，從來不批判任何人或事，點煙、啟動摩托車、拿咖啡杯這類生活小動作他總是流露帥氣，連簡單走個路，也自自然然地瀟灑。無論是騎車途中、還是在東北海岸的大岩石上，男孩對她來說像是大樹的存在，讓她靜靜靠著他，那時候，她覺得活下去或許不難。她不需要偉大的志向或複雜的行進路線圖，她的人生也會自動逐漸開展。作為一艘沒有航海圖的船，也許終究也會抵達她命中應該停靠的海岸。

藉口花時間戀愛，月青翹課更兇了，整個大二下學期，她的腳就沒怎麼踏入校園。永康街口開了一間日系麵包店，有好吃的奶油捲和丹麥圈，二樓咖啡館供應咖啡，免費續杯，她便時常坐在那裡讀雜誌、看小說，在窗明几淨的午後，跟熊貓說點有的沒的。她讀米蘭・昆德拉的《生命中不可承受之輕》，讀村上春樹的《挪威森林》，讀宋澤萊的《廢墟台灣》，聽地下流傳的陳達唸歌音樂卡帶，四處搜集法國新浪潮電影、義大利寫實電影、日本戰後電影的相關資訊，她翻閱著報章雜誌，新聞標題像時代的幻燈片，在她眼前一張一張放映，像是陽明山的國民大會，八、九十幾歲老人坐輪椅、包尿布、打點滴，代表中國的各省份，由護士推去陽明山中山樓開會，主席叫舉手就舉手，並打算將國民代表角色直接改成家族世襲。也有雜誌社總編輯自焚的消息。他堅持言論自由，為了拒絕政府的逮捕，將自己反鎖辦公室，淋上汽油，燒成黑炭。月青隱約記得父親定期買那本刊物，但就像前面他買過的許多刊物，從不曾見過一般書店或書報攤在陳列販賣，父親卻不知從何購得，而且總是看完就馬上丟掉，不留在家裡。有次不知為何父親遺落了一本雜誌在客廳一角，她順手拿起來問父親那是什麼刊物，內容在講什麼，父親當場嚴厲怒斥，立刻從她手上奪走。當時報紙仍是油墨印刷，手摸久了會黑黑的，印著總編輯自焚消息的報紙像白底黑字的訃帖，躺在優雅的日式西方咖啡店桌上，四周麵包與咖啡香味四溢，外頭街道陽光明媚，車輛在奔跑，路上台北人追著世界時尚打扮自己，她也趕流行穿日系花長裙和白布鞋，喝著日系虹吸管咖啡，對面坐著健朗英俊的同齡男孩，並沒有人特別提醒她什麼，但，在那間充滿幸福光彩的靜謐咖啡店，就像在寬敞而現代的台南劇院裡，她依然嗅到悲傷那頭猛獸的氣味，躲在陰影，蠢蠢欲動，雖然眼下看不見，她知道牠在那裡。牠一直在那裡。

雜誌總編輯要出殯那天，她與男友從新公園走去永康街，在景福門前，遭遇了葬禮遊行的群眾。他們兩人不知不覺停下腳步，站在台北賓館前，頂著大太陽，總統府前全是拒馬和人群，四周皆是悲憤以及哀傷的臉孔，突然，人群騷動，全部人都喊了起來，像海水分開，露出中間一團熊熊火焰，彷彿不斷遭烈陽炙烤的地面終於自行燃燒了起來。火紅之中有一個焦黑的人影，雙臂張開，像個十字架站立。月青目不轉睛看著那團火熱的紅色，著了迷似地，雙腳不能移動。她無法解釋為何她以為在那個自焚的人身上看見了自己。

眨眼，鳳凰樹花開了，血紅血紅地艷，背襯蔚藍天空，像一張色彩飽和的度假明信片，期末考即將開始，月青不得不回到教室。六月初，清晨醒來，月青抱著厚如磚塊的教科書，綁條馬尾，穿著短褲，兩條腿因為前個週末和熊貓去海邊游泳而曬得黝黑，從辛亥路後門進來，全校一夜之間拉滿了白色布條，筆墨未乾就被掛了起來，字跡宛如黑色的血，在布面四處流淌，怵目驚心，整座校園頓時成了靈堂，大學生們自動靜坐，支持前個晚上天安門運動失去性命的北京民眾與學生。文學院前的校鐘聚集學生，拉了一小圈，幾個學生坐在裡面絕食，她一眼就看見久違了的湯姆。活動力旺盛，到處串社團搞活動，湯姆比她更少上課，她至少還交交報告、乖乖考試，湯姆這幾個月神出鬼沒，早已脫離學校這座太陽系，獨自在外太空漂浮，以神祕的邏輯運轉著，上一次在校園偶遇，兩人匆匆在福利社門口說了兩句，以前開口閉口都是高達、法斯賓達、伯格曼、楚浮、小津安二郎，說得溜口好像人家都是他日常在混的兄弟，而今變成哈伯馬斯、德希達、馬庫色、阿多諾，一幫子新兄弟，他的眼神依舊光爍，笑容滿面，宛如重生的教徒，掩藏不住狂熱的本色，月青覺得眼前這個人既熟悉又陌生。遙遙見他額頭綁條白布，上面寫著「絕食」兩字，原本就乾瘦的身板子彎著，盤腿而坐，坐在飽吸暑氣的硬地上，月青想，他這個人的本質總是那麼熱情而易感，看不見的東西永遠比看得見的東西更重要，為了一個聽上去很偉大但很難說清楚的概念或意象，他就可以全力奔赴，整個人豁出去，名符其實地連命都不要。

她在那裡站了很久，並不算真正加入群眾，卻也一直沒有離開。她雙手抱胸，沒有跟著喊一句口號，人群之中，她只聽見自己的呼吸聲。她也不知道為什麼，情感流露不是她的家庭教育，更深層地去分析，也許只是她生性孤僻，難以追隨任何形式的人群。站在一個軍事戒嚴剛剛結束的時代句點上，她沒有忘記從小就要穿難看的卡其色軍制服。初中開始必須剪日治時代留下來的近似軍人的髮型，男孩三吋頭，女孩短髮必須齊耳，還不准留瀏海，規定要用黑色髮夾、夾乾淨每一絲頭髮。高中要去總統府準備閱兵典禮，冒著中暑暈倒的風險，跟著其他學生戴著傘帽排出「萬歲」的漢字，供統治者享受他們的國慶典體，及至她上了大學，一有可能使用個人主觀意志的機會，她立刻排拒成為任何群體之一的暗示。若湯姆的本質是純白如高溫火焰的熱情，亟欲以光明照亮世界的所有幽暗角落，永遠張大雙臂，準備擁抱任何一個人以及全世界，月青的內核則是畏縮而悲觀，她認為一切的美好終將無法避免以悲劇結束，懷疑自己看見的東西皆只是膚淺的表象，並不是事物的真相，她對自己的判斷完全沒有信心。也或許，她隱約感覺到，除了悲傷這頭野獸在角落蠢蠢欲動，同時，還有另一頭更兇猛的巨獸叫時代，暗夜裡盯著他們這些無辜的人一個一個走過，不知道何時會張開血盆大口，吞噬全部人的人生。

那年夏天，上萬人來到她家附近，夜宿街頭，抗議地價過高，城市財富壟斷。時間一到，各種形狀尺寸的人體躺滿了街面、人行道、騎樓，住家以外的公共區域。月青和熊貓兩個人躺在一間日系百貨公司前。這間日系百貨公司幾年開幕時，人潮多到商家必須拉起繩子，排出類似人體大腸的蜿蜒隊形，請顧客排序進入。誰知人們真的乖乖排隊，龜速前進，等上至少一個小時，只為了進去購物。百貨公司門口裝了一個巨大的瑞士咕咕鐘，走粉色路線，每逢整點就有西洋玩具兵娃娃跑出來，跟著音樂繞一圈，小孩看了特別開心，情侶也親熱依靠著觀賞。

熊貓和月青背對咕咕鐘，面向街心，並肩躺在人行道。為了長夜抗議，旁邊有人準備了睡袋和枕頭，有人帶了帳篷，忠孝東路四段搖身變成一座露營特區。月青他們沒帶任何東西，熊貓拿他的肩膀讓月青枕著。

「沒有星星。」熊貓朝漆黑夜空輕吹聲口哨。下一個路口，頂好廣場上，有人在做行動劇場，圍觀群眾喊著口號，擴音器一直高分貝，傳達著演說者的激動情緒。

「也沒有月亮。」

「以為是陳腔濫調，結果是真的，台北天空看不到星星。」他側頭吻了吻她的額，「但妳頭髮很香。」

雖然很多人跟他們一樣躺平，周圍仍有不少人不斷走動，擴音器的聲音始終沒有休息，流動攤販來了，空氣中充滿食物的氣味和人聲，地面偶而傳來震動，不知道是不是因為附近有車輛經過的關係。台北還沒有地鐵，不知道什麼叫網路，觸控式手機還沒有被發明出來，因為氣候潮濕的關係，不到午夜，躺在地上的月青已全身是汗。她轉身側躺，將熊貓的手臂當玩偶抱緊，兩人的皮膚都汗黏得緊，也不以為意。

「你說，我們為什麼躺在這裡？」

「什麼意思？我們都躺這麼久了。」

「此時此刻。」

「星星之下，眾生平等，」熊貓這個一本哲學書也不讀的哲學系學生說，「從星星往下俯瞰，我們這些躺在地上的人，應該看起來都一模一樣吧，都只是黑色的小點點。雖然我們還沒畢業，但，我們早在命運的輪轉之中，我們從小讀書受教育，就是為了準備開始所謂的人生，找工作，買間房子、生個孩子，祈求無痛無病，盡量好好活到退休，保有餘錢，趁身體還行，做點小旅行，吃點好吃的。我們凡人要的東西看似不多，追求的過程卻總是有點崎嶇不平，千辛萬苦，稍不注意，還會跌倒，甚至摔地不起。我們如此戒慎恐懼行走人生，偶而片刻，稍許幸福時，我們甚至感到不安，覺得罪惡，自己是不是不值得。活著，對凡人來說，就是永恆的焦慮。所以當我們這些凡人都躺在一塊，小點點變成一大片，會暫時覺得活著或許沒那麼孤單，因為別人也跟我一樣卑微而渺小，稍感安慰，繼續往前，如果自己有力量時，還可以扶持旁邊的人走一段。」

「你覺得我們也會買房子、生孩子？」

「跟妳，我可以。」

月青不自覺更貼緊熊貓，把自己下巴塞進他的耳朵和肩膀之間。他們討論要住在哪裡，靠山還是靠水，希望有陽台，又說城中心也很不錯，琢磨怎麼存錢，想來需要雙薪，兩人都要工作，月青腦海浮現未來小孩的長相，覺得熊貓眼睛那麼大，遺傳給女兒應該很不錯，但熊貓認為月青的單眼皮有古典美，長在男孩臉上有英氣、女孩則顯秀雅，都好。但退休就不知道是如何景況。

「不曉得台灣會變成什麼樣子。」月青說。

「總之我們會在一起吧。」熊貓說。

天濛濛亮，陸續有人起身離開，他們兩人去牽摩托車，去光復南路喝豆漿。

大三開學，水吟回來了，中斷了一年，她加入大二那一屆，月青大二的語言學概論被當了，必須重修，於是和水吟同班。水吟見到她，只是禮貌性點頭。啊，我們恢復一般同學的關係了，月青想。水吟看起來完全沒變，和一年前差不多，小個子美女，圓頭顱，上綴一顆圓鼻頭、櫻桃小嘴，身材健美，剪一頭俏麗短髮，像時下流行的日本偶像，留有瀏海，花襯衫下擺紮進卡基色布短裙，露出光滑的橄欖色小腿，皮質軟底帆船鞋，不穿襪子，步伐猶似狐狸跳舞般活潑，有韻律感，非常之可愛。月青在台南劇場看見的那個眼神困頓、笑容枯萎的臃腫女孩不見了，中間消失了一年，卻沒有留下痕跡，好像燈暗了、重新開燈之後，全部事物原地不動，看不出變化，又好像黑膠唱片跳了針，針腳重新擺對，歌也就自然唱下去了。月青無論如何暗地鬆了一口氣。她難免覺得自己有責任，雖然不知道自己能夠或應該做什麼。

她依然很少上課，跟熊貓去看電影，騎車逛大街，去淡水看夕陽，讀些學校老師不教的雜書，她去台北新公園附近的語文補習班註冊上日文課，卻不知道自己幹嘛要學日文，去了幾堂就不去了。她開始在家做蛋糕、烤餅乾，逼她個性善良的男友吃掉全部的失敗品，突然她又迷上拼圖，當時市面上開始販賣國外進口的大盒拼圖，圖案有世界名畫如梵谷的《向日葵》、莫內的《睡蓮》，也有世界名景像是法國聖米歇修道院、日本富士山，一大盒打開，倒出滿坑滿谷的小紙片，一片一片尋找可以互相拼接的紙片，彷彿在茫茫人海中找出大家彼此的關聯，然後將所有人拼揍在一起，構成一幅和諧的圖畫。她原本在飯桌上拼四百片，拼到了八百片、一千片時，只能跪在家裡客廳地板上拼，日日夜夜，像個勤勞的工人，四肢併用，拼到快天亮才勉強去睡覺，不准任何人接近那一大片未完成的拼圖，有人不小心稍微踩到，她就會哇哇叫，將對方當仇人般怒罵。拼圖完成之後，她看著自己焚膏繼晷拼出來的《向日葵》、《睡蓮》、富士山、修道院，放在自己沒做功課的日語課本旁邊，只覺得筋疲力盡，好像白日奮力跑馬拉松，為了消耗全部精力，只求一夜無夢，什麼都不要想。

一路拼到一千八百片，突然，她就不拼了，原因很簡單，她買不起兩千片。那些都是國外進口的拼圖遊戲，以片數論面積，一千八百片一盒還在她的零用花費內，兩千片一盒的單價已價格過高，多了兩百片，就超乎她的經濟能力，變得難以企及。專心拼圖時，她感知自己只想遺忘，拋棄周圍正在發生的一切，脫離現實，究竟一名大學生能有多少記憶需要遺忘，她知道她真正想忘記的是尚未發生的記憶，那就是她的夢想，她無法阻擋世俗侵蝕人生，她那些淺薄不多的社會經歷已令她過早認知了自己的平庸，看清自己生長的社會沒有野心追求優秀，卻功利而貪婪，缺乏見識，只想求鬼神保佑、祈求好命，而他們觀念的好命並不是努力工作、正直過活就能得到回報的一生順遂，而是僥倖心態，不必做什麼就能獲取成果的不公平待遇。她廢寢忘食在拼圖的人生，終究是一幅中產生活的圖像，拿取你的文憑，培養個無傷大雅的嗜好，不斷進階你的年收入，擴張你的社會網絡，一有機會就飛出這個島嶼，四處觀光，好像在收集什麼文化點數，以證明自己優秀，高人一等。當她意識到這點時，她就停手了。

她坐在熊貓的摩托車後座，兩人上山下海，在終年不減熱度的碧空烈日下，悠閒地遊蕩，像兩頭小獸，單純地呼吸吐納，互相依偎，日子如同春天剛剛萌芽的森林，耀眼而翠色欲滴，如此美麗。

時不時她碰見湯姆，都在校內校外的抗議場子。他永遠衝第一線，她始終站在人群的邊緣，目光尾隨他的一舉一動。她似乎缺乏和他相同程度的激情，但分享他的憤怒。他們的社會剛剛從軍事戒嚴桎梏之中掙脫出來，所謂自由的思想都還只是像朦朧光點一樣漂浮在半空，還沒有真正落地，沿路長出燈來，照亮大家的街道。所有人都還在黑暗中摸索。場子上，還有鄭立文和李芸生，他們已是一對金童玉女，是其他學生崇拜、爭相結交的對象，月青離他們的距離更遠，她隔著浩瀚人頭，看他們在台上慷慨激昂，台下同學們熱情回應，每每覺得自己像在參加搖滾巨星的演唱會。

三月春夜，熊貓送她回家，她下摩托車，熊貓目送她進了大樓的玻璃大門，看著她進了電梯，騎車離開，就在電梯門即將關上時，水吟突然出現在面前，喊了一聲月青，顯然等候已久。

月青去廚房冰箱拿冷飲以及兩個玻璃杯，回頭看見水吟坐在她家飯桌上，這幅畫面已是很久以前的事。水吟有一陣子沒來她家，她們倆也好久沒見面了。水吟看上去精神不濟，眼皮浮腫，平時泛著光澤的橄欖色皮膚變得乾燥，像發皺的牛皮紙袋一樣粗糙，她自己說，每天晚上都睡不著，白天便昏昏欲睡，腦子很不清楚，有點渾噩。月青神情凝重，肅靜看著水吟仰頭喝乾芭樂汁，又從長長的紙盒往玻璃杯倒出更多。

「還要不要？」

「夠了。」

「吃點蘋果？我幫妳切？」

「我自己來。」

月青把蘋果連同水果小刀一起遞給水吟，水吟接過來，並沒有立刻動手削皮或切塊，只是一手拿蘋果，一手拿刀，心不在焉地把玩。

她們坐著的飯廳，和客廳連成一塊，沒有明確隔間，只是傢俱的擺法讓人一目瞭然，一邊是紅木圓桌和六把椅子，另一邊是沙發和電視，沙發旁是茶几，墊著白色棉紗針織的蕾絲布，上面擱了一台按鍵式的黑色電話機，筆筒和一疊便條紙，誰接了電話可隨手寫下訊息，茶几下方有一層抽屜，放著一本磚頭厚的黃皮電話簿，裡面能查到全台北市家庭和商家的電話號碼。從她們的方向看過去，左手邊是月青哥哥的房間，他住校不在家，右手邊通往月青的房間和她父母的房間，她的父母向來早睡，房門緊閉，而客廳落地窗外的陽台地面上閃著亮光，不是月光，而是鄰近路燈電線短路了，一明一滅，有點惱人。雖然月青只開了飯廳一盞燈，整間公寓並不黑，只是感覺四下無人，有點像新年期間所有人都離開了台北的那種寧靜。

「我夜裡睡不著。」

「妳還會難過？」

「是。」

「這麼久了。」

「久嗎？」水吟苦笑，拿起水果刀。

日本進口的富士蘋果紅色很淡，近似粉紅，她一刀刺進去，並不切斷，拔出來，再刺進去，又拔出，刺，拔，刺拔，刺刺拔拔，蘋果汁濺得四處皆是，果肉很快都戳爛了。

「我很病態吧？」

「有些事就是過不去。」

「我每天都告誡自己，不能再這樣下去。愛我或不愛我，是對方的主觀意願，也可能僅是一份偶然，就像那些神祕經驗，你總是可以將靈異現象解釋成科學的緣故，也能託辭為命運使然。總之，愛情的發生並不完全操之於我。倘若，真的沒人願意愛我，我應該努力讓自己值得被愛，就算在別人看來，我真的那麼不值得被愛，也沒什麼大不了，我也能自己愛自己，獨自好好活下去。妳不用勸我，我都明白。講起來都很容易，做起來卻很困難。」

「我知道。」

陰影爬上水吟木然的臉，「妳聽說過我和那個社會系男生的八卦嗎？」

月青遲疑，點點頭。

「妳相信嗎？」

「不算。」

「那就是有點相信囉？」

「我只是覺得，根本無所謂相信或不相信那些流言蜚語，因為不重要。」

「那天社團活動結束，大家情緒都很高，他發酒瘋，說鹹濕話，當著大家面前動手動腳，我不理他。我回家，他一路糾纏，跟我到門口，想跟我上樓，我拒絕了。他說，妳們新女性不是成天主張女權，講什麼性平權，怎麼妳這麼保守。我說，我的身體屬於我，我想跟誰睡就跟誰睡，同理，我不想跟誰睡就不跟誰睡。他笑我裝聖女，嘴角一抹輕蔑，滿臉別以為我不清楚妳底細的鄙夷，好像他是背上有潔白翅膀的天使，我則是頭頂插了羊角的赤面惡魔。我把他推出門，關上公寓大門。隔天流言四起，他告訴別人，前夜我硬拗他送我回家，他為了表達紳士風度，不得不陪我。到了我家之後，他道晚安，我求他進門，想跟他上床，但我不是他喜歡的類型，所以他拒絕了，我卻脫光我的衣服，全身赤裸貼上他，拉開他的拉鍊。故事每被轉一次，就更繪聲繪影，那個我就變得更淫蕩無恥。」

月青罵髒話。

「沒有人來當面向我求證，那些暗地喜滋滋享受八卦快感的人，宣稱他們不敢，但是這並不阻擋他們繼續轉述。而我永遠不在場，無法為自己辯護。傳言中的那個我騷擾了一個男人，接著第二個、第三個，數目後來都可以組成一支軍隊了。故事裡的那個我越來越立體，替代了現實中的這個我，活在人們的認知裡，成了所謂的事實。真實的我已經消失了，留下來的是那個他們口沫橫飛創造出來的我。這些善良的人們啊。願神明保佑他們的靈魂，平安過一生。他們根本不知道如何面對自己的慾望，只想藉由霸凌他們渴求的對象，來掩蓋他們自身的軟弱。要求女子解放身體，又批評她淪落成一具無思想的女體，當她微笑不語，他們瞧不起她，批她幼稚無知，當她條理分明表達意見，他們貶斥她情緒化，霸道無理，發明女強人、男人婆這類字眼，標籤她為可怕的怪物，急著要在她胸前繡上紅字，就像車輛閃著警告燈，大老遠就能看見她，那些自以為道德神聖的人才可以提早轉彎或趕緊掉頭，免得撞上她麻煩。而今，無論男生女生看見我，皆眼神奇怪，盡量與我保持距離，小心翼翼地觀察我，男生態度輕佻又好奇，女生掩不住鄙夷且害怕，好像我是一個髒東西，淫穢不潔，碰到我會倒霉三輩子，都恨不得趕緊去哪裡請驅魔師來唸咒，朝我灑聖水。」水吟輕笑出聲。

「無聊這些人！」

「我不知不覺變成卑劣的人，究竟是我生來卑劣，還是因為每個人都覺得我卑劣，我就成了一個卑劣的人。」

「卑劣的人是他們吧，造謠者下地獄。」月青比水吟還激動，水吟的平靜令她憂心。

水吟幽幽地說，「我相信所有我思考過的價值和我讀到的思想，那些閃耀真善美的真理，如此具象，令我心醉，我拼盡全力去追逐。但那美好的事物如同夕陽，我氣喘吁吁地追趕，卻仍然追不上太陽西沉的速度，我拼命跑，無論跑得多快，身後的黑夜輕易就趕上我，超越我，眼看就要將我完全吞噬。到後來，我恨起我自己。我明明知道我想抵達何處，變成何種人，我卻力不從心。我從港口出發，一路航行，沒遇上暴風雨，手上的指南針也沒有不小心遺落、掉進海底，只是不知道什麼時候、在哪一個經緯度座標，或許看錯了一顆星星，我便迷航了。等我意識到這一點，我已經航行太久，找不到回去的路，我越掙扎越走錯，直到我發現自己困在赤道無風帶，周圍死寂無聲，沒有其他生命，我卡在這裡，哪裏都去不了，夜夜我感覺我身上甲板、船桅、船體逐一緩慢腐朽，我不知如何挽救自己，一點辦法都沒有。伴隨著我的，只有無盡的悔恨，日日夜夜反過來倒過去地思考自己哪裡錯了。」

「妳錯了，妳錯在妳以為妳錯了，因為妳沒錯。妳聽見嗎，妳沒有錯。」月青大喊，驚動了母親。母親雙眼惺忪地站在客廳，看著她們兩人，花了一點時間才認出水吟，好久不見，怎麼都沒來了，以後常來，不過妳們兩個人幹嘛那麼大聲，都幾點了，趕快去睡覺吧。母親夢遊似地轉身回去房間。

水吟怔忡，「我真想念我的父母。」

「妳就回家去。」

「我的父母全心全意愛我，但我現在碰見的問題，他們幫不上忙，無法給我任何建議，可能也聽不懂。他們看見我，只會關心我吃飽了沒，有沒有睡覺。我原本以為我能在同輩找到志同道合的知己，事實證明了不可能，他們才是讓我覺得不該出生的人。」

「水吟，妳不能讓他人變成妳的地獄。妳不要給他們那份權力去傷害妳。只要妳不在乎，不理會他們，他們就不能拿妳怎麼樣。」

水吟蒼白著臉，「不去想它，又不能改變現狀。」

「不要執著這個現狀，它會結束，未來很快就會來。等妳回頭看，現在好像很嚴重的事都會變得不重要，沒意義，甚至可笑。」

「如果世界不會改變，就算未來來了，一切還會是一樣。」她眼神發愣，沒有焦點地望向窗外的路燈一閃一閃。

月青默然，她向來嘴笨，無法說服她聰明的朋友，但她還是努力，「如果有多重宇宙呢？如果眼下這個宇宙不是唯一的宇宙，還有另一個平行宇宙？」

「怎麼跳過去？」

「也許我們已身在其中。妳只要關掉這個宇宙的噪音，站在原地，不用動，就能聽見另一個宇宙。」

水吟閉上眼，月青跟著，聽見水吟說，「我覺得很蠢。但是謝謝妳。」

月青站在自家陽台上目送水吟。水吟在巷口轉彎，回頭朝她揮手，一明一滅的路燈突然啪地一聲斷電了，水吟的身影就像銀幕上的影像瞬間消失於暗夜之中。

幾天後，幾個大學生在台北市的中正紀念堂靜坐，其他大學生從各地趕來，等月青和熊貓過去時，已滿滿黑色人頭湧動，坐在地上。她當然知道她不是世上唯一的大學生，但她忽然看見這麼多跟她同齡的大學生，來自不同背景，群聚一塊，仍有點震驚。她不知為何腦海浮現一大片森林，而她眼前出現一棵一棵的樹，清晰可數，每棵樹都有自己的樣貌及氣味，枝葉各有姿態，唯有風起時，才沙沙作響地一起合唱。

廣場上左右各有一座表演廳，對稱地座落著，中式飛檐雕欄，紅色廊柱。劇院的戶外階梯變成臨時的舞台，許多人輪番上台，發表自己的想法。鄭立文上台時，他剛開口兩句，月青馬上憶起他的群眾魅力，口齒清晰，立論清楚，聲音具有磁性，每個即興的句子都像是書本剪下來的經典名言，台下學生個個聽得動容，時不時有人忍不住大喊呼應，激烈鼓掌。他講完之後，朝台下學生揮揮手，走向一個耐心在旁等待他的女孩李芸生，肩並肩，一起回去靜坐。沒多久，整個場子便形成了一個臨時的社會雛形，有了權力結構，從一開始有人零星上台為了發表私人感受，變成大會向大家宣布事項，學生之間儼然有了領袖，以運動之名組織大家，代表廣場上的所有人向媒體說話，跟政府交涉。

很快，繩子拉出絕食區，約十個學生開始絕食。坐在灰色石板地上，頭大身瘦像根棒棒糖的湯姆閉著眼睛，坐在正中央，嘴唇發白，動也不動，宛如禪定。

一個灰白髮色夾雜的中年女性，乾癟矮小，穿著白色襯衫和藏青長褲，包頭黑皮鞋，戴著眼鏡，提著一個紅白塑膠袋，站在靜坐學生外圍，憂心忡忡，緊張咬著下顎，不安地動來動去，一會看向絕食圈，一會回頭哀求負責維持秩序的學生，求求你，那是阮囝，伊就坐在那裡絕食，不行，我要帶伊回家，求你，戶我帶伊回家。伊會餓死。伊要是死了，我也會死。學生表示愛莫能助，他們之前曾去告知對方，他的母親來了，想要見他，但，對方要他們代為表達，請母親切莫擔心，盡速返家。歲月在那位母親臉上留下痕跡，此刻的憂傷更加深了線條。她聲音卑微地請求，拜託你，我是伊的阿母，我不行佇在這裡眼睜睜看著阮囝餓死。我昨晚在電視新聞看見阮囝的臉，驚死了，今天一大早就搭火車從嘉義上來，我拜託你，讓我過去找伊，不然，麻煩你將伊帶過來，我帶伊回家。你看到沒，就那個瘦瘦的，黑框眼鏡，黃色上衣，脖子圍條毛巾，背對我們坐在中央的那一個，就那個，他叫辜榮堂，拜託你，拜託拜託，我不能進去，恁說只有學生可以進去，我是媽媽，拜託恁佮伊講，媽媽佇在這裡等伊。她拉住那名女學生的手腕，女學生不知道該怎麼辦，窘紅了臉，似乎都要哭了，旁邊另一個男學生出面幫腔，妳的兒子做了決定，妳要尊重他的選擇，他要留在這裡，我們都要留在這裡。

恁爸爸媽媽呢，個怎麼辦，拜託你。

男學生說，我爸媽來了，也沒用，我跟你兒子一樣不走。

但是你有吃東西啊，你有喝水啊，阮囝沒有，伊在絕食。母親的聲音緩慢且柔和，謙卑乞求著，伊不跟我回家，沒關係，但伊要吃飯，要喝水，雖然伊上來唸書的時候，我跟伊說，伊做什麼都可以，就是不可以碰政治，我現在也不求伊不碰政治了，我只求伊吃飯。請你幫忙把這個便當和飲料送給他。

月青衝過去，從湯姆的母親手中拿過塑膠袋，很沉，顯然裝了便當和飲料，眾目睽睽之下，走去絕食區。她在湯姆身邊放下食物，這是你媽媽要給你的。湯姆這名入定的僧人，紋絲不動，只微微睜眼，馬上又閉眼。此時，一名政治系教授來到現場，月青不認識他，但全場學生忽然噓聲大作，集體鼓譟著，大喊他的名字，齊聲要他「請回去，請回去」。教授眼鏡後的雙眼瞪得大大，彷彿不敢相信學生居然集體噓他，這麼公開排拒他。學生一陣喧嚷叫囂之後，教授深感惱怒，終究不得不轉身離去，月青回頭找湯姆的母親，人群中找不到了。

接下來的日子，月青也開始拉著熊貓勤跑抗議場子，常常撞見其他同學，課堂外見面，大家不多說什麼，只是輕輕地相互頷首，頗有地下反抗軍的默契。軍事解嚴，社會氣氛終於鬆動，人們熱衷於上街表達意見。其他城市的年輕人在泡夜店，台北的年輕人在跑街頭，尤其湯姆從不缺席任何一場。他在校外活躍，回到校園也只去社團，從不上課，他似乎沒打算畢業。

暑假，水吟難得沒回去高雄，留在台北。七月初，她見了月青兩次，說她在認真學德文，因為柏林圍牆倒了，她很想去看看冷戰的另一邊，渴望旅行。

「我那天在電影院前遇見了湯姆。」水吟提。

「他還有時間看電影。」月青笑。

「他說，革命是一時，藝術是永遠。」

「真的假的。」

「他霹哩啪拉講一堆電影名字，我聽都沒聽過，叫我一定要去看。」

「原來他沒忘記他要當導演。」

「我們還有好多事要做。」水吟瞇瞇地笑。

水吟出事的那個晚上，她讀圖書館系的室友熬夜讀書，深夜聽見她的房間發出巨響，很像一個櫃子砰然倒地，隨即寂靜無聲。因為期中考期間，室友繼續專心準備考試，幾乎清晨才睏極睡去，醒來趕去考試，下午回到住處，水吟的房門依然緊閉。室友坐在客廳吃泡麵，不知為何心神不安，猶疑了一下，決定去敲水吟的房門，轉開門把，發現門沒上鎖，一眼看見水吟皮膚全黑，浴血躺在地上。她的父母從高雄趕上來時，帶了藤條進去殮房認屍。根據民間習俗，若孩子在父母之前走了，父母見屍要拿藤條鞭打，懲罰孩子不孝，棄父母而去。據說父母完全沒有流淚，但他們臉上的表情，讓所有見到他們的人都哭了。

月青知道水吟搬出女生宿舍，因為宿舍有門禁，學校宣稱是為了保護女生，很多人都在抗議，水吟嘲笑封建父權想要保護女孩的貞操。水吟沒告訴她，自己搬去了泰順街，典型台北六層樓老公寓，三十坪住了四個同校的女孩子，沒有電梯，有個小陽台，鑲了鐵欄杆，漆成綠色，從街面望上去，陽台隱在綠蔭之中，水吟時常半夜一個人坐在那裡飲酒，有時還會大聲唱歌，像條憂傷的幽魂，獨自起舞，其他女孩因此不太喜歡她，抱怨水吟不容易相處，具體原因卻說不清楚，只是說她怪怪的，很多觀念都跟她們不一樣，水吟的言論令她們不舒服。那名發現她的室友後來跟其他人說，她其實很怕水吟。「水吟是個好人，但是，很多時候，我寧可她不在家。」她強調，「不是只有我這麼想，其他室友都跟我一樣。」

她們本來希望學期末之後水吟會自動搬走，沒料到她的離開方式如此激烈，令她們驚恐，難免愧疚，惶恐不安。公寓突然成了凶宅，學期還沒結束，三個女孩都搬走了，房東抱怨租不出去。

月青沒有葬禮的相關訊息，不知道水吟的父母怎麼安排她的屍體回高雄下葬，她有水吟父母魚粥店的電話，但電話都沒人接。

她是個好人，但是。

許多許多年之後，月青仍然記得那個「但是」。「但是」，像一隻手轉了方向盤，替句子來個大轉彎，意思是前面都不算數。那個「但是」看似君子的諍言，也能是小人的糖衣。那個「但是」是對方的真心話。那個「但是」，才是人性的真相。

第二章
活著的人

湯姆不知從哪裡冒出來，突然出現在她的上班地點。辦公大樓由褐色玻璃帷幕蓋成，反射夕陽的餘暉，金光閃閃，非常符合大樓名稱「金融中心」。大樓門口對著一小塊三角公園，三棵瘦樹腳下長滿雜草，倒也綠意盎然，邊上的咖啡館有大片落地窗，他們兩人坐在窗前的位置，各點了一盤滷雞腿飯加軟飲料，提前晚餐。

月青穿件長袖白襯衫，袖子捲到肘間，藏青色窄裙，黑絲襪，一雙平底黑皮鞋，一眼看上去就像任何公司的新進職員，每天朝九晚五，戰戰兢兢，一臉不知道該把自己擺在哪裡的白痴樣。湯姆剪了標準軍人頭，削瘦的身骨子稍微有了結實的肌肉，向來白皙的臉面上了點健康的棕色，估計是在軍中戶外訓練的結果。他一如往常燦笑，可能因為放假離開軍營的緣故，他的眼神綻光，煥發自在的神態。

相較於他的心情輕鬆，月青萎靡不振，情緒緊繃，她花了很長時間抱怨辦公室，說一堆荒唐事，笑死湯姆。看他笑得那麼開心，她也終於苦笑了。他們其實快三年沒見了，月青大學畢業後馬上出國唸書，湯姆休學又留級，大學唸了七年才畢業，他入伍的時間正好吻合月青從美國畢業回來的時候。月青根本找不到工作，從報紙分類廣告勉強找了一份地產廣告公司的工作，當老闆的英文祕書，同事個個是老油條，自以為社會資歷深，相當瞧不起這個清湯掛麵、衣著樸實、瞧一眼就知道是普通人家的笨孩子。

辦公室同事成天無所事事，像一群麻雀群聚，聒噪不休，個個毒舌愛八卦，詆毀天下人，輕蔑天下事，說謊不打草稿，真正的睜眼說瞎話，面對任何質疑，他們就是立刻激動大聲指控對方故意毀謗，動機不良，恨不得提早下班去找師父作法打小人。他們只懂拍老闆的馬屁，對專業知識或技能漠不關心，自認很會混日子，嬌嗔像英國皇室一樣每天努力不做什麼這件事本身已是一項累人的工作。

「他們專挑我練嘴皮，說一些下流的話，不為什麼，就像在路邊看見四肢瘦弱、渾身癩皮的流浪犬，隨便提腳狠踢一下，不為什麼，只因他們可以。我終於認清了權力的本質，這是人類社會的真相。日常人的生活就深陷其中。當我們一出門，和陌生人互動，我們彼此之就出現了權力關係。公車司機可以用他的小小權力故意不停站，讓你在後面窮追、上班遲到；早餐店小姐可以把裝得比較少的奶茶給你、把裝得比較多的那杯給你後面的帥哥；同事可以隨口善意提醒你，也可以什麼都不說，冷眼看著你犯錯，然後直接去上司面前打小報告。全是瞬間，一個念頭，他們評估了整件事的輕重與罪罰，知道自己能夠這麼做。善，絕對是一種選擇。我看得很清楚，那些同事覺得他們不用對我客氣，因為我不是誰，也不是誰的小孩，踢這條狗，不會有任何後果，他們又為什麼不踢呢？我就在那裡，就算我哀哀叫，有人聽見了也不會說什麼。」

「離職。」湯姆果斷地建議。

月青一臉窩囊，「我找不到其他工作。說真的，你可能不相信，我真的找不到任何工作。我沒想到台北市的勞動市場這麼封閉，很多都是裙帶關係，到處都是利益結構。」

「妳怎麼會驚訝呢，人們因為各式各樣理由而結合，無論是因為血緣關係、或為了利益分配，還是純粹出於恐懼，他們為了他們想像中的求生，就會抱在一起取暖，形成幫派，你搔搔我的背、我搥搥你的肩，以為這麼做，他們才可能存活。如果你覺得不對，要抵抗這一套社會運作模式，並不是拉幫結派，也去形成另一個利益幫派，而是堅持走自己的路。如果妳覺得集體霸凌個體不可以，不應該形成山頭，分贓主義必須取消，妳要做到的是妳絕對不玩這套遊戲。妳要堅持，不變成他們要妳變成的那個人。永遠不要屈服。妳要證明妳可以用妳的方式活下去。妳沒辦法屬於他們，因為他們永遠不會要妳，所以妳乾脆要放棄這個念頭，容許自己過得快樂一點。」

「我不知道什麼叫快樂。」

「妳知道。相信我，妳知道。」湯姆手放他的心口。

月青迷茫了一會：「我不知道。我不知道我知不知道。」

湯姆笑了出來，「喂，不知道小姐，那妳每天怎麼上班？還可以嗎？」

「我不知道。」

「就知道妳不知道。」

「我總經理對我還不錯。他在辦公室的時候，其他人不敢欺負我。他人不壞，西裝畢履時也算是體面的帥哥，走起路來一跛一跛，聽說以前十幾歲時混黑道時被人挑斷右腿筋。我們公司做房地產，其實根本沒有國際業務，全是地方勢力，我這個英文祕書派不上場，他只是要我陪他全國跑行程，像炫耀一件藝術品一樣把我這個會說寫英文的花瓶擱在他身邊，撐他的氣場。他高中都沒畢業，賺錢之後渴望提升自己，他以為有個英文祕書就是國際化的第一步。但我常常覺得我騙了他，因為我超沒用，對他一點幫助都沒有，而且老實說，我英文也不怎麼樣。去南部出差時，晚上陪他去酒家談生意。他有錢，一口氣叫十個小姐來陪他和他的客人，我這個第十一個，坐在那裡也不是、走也不是。」

「妳就喝免費酒啊，反正他錢都付了。」

「我又不喝酒。」

湯姆笑壞了，月青彆扭的中產性格對他來說總是那麼滑稽可笑。

月青問他，兵當得如何。他眼神收緊，像水瞬間凍成冰，嘴角笑意抿滅，聳聳肩。

「什麼時候收假？」

「妳借我錢好不好？」

「你不回嘉義？」月青從錢包抽了兩張千元鈔票。

「台北有朋友。」

一個月之後，湯姆又打電話到她上班地點。他們去吃小籠包，月青照樣又說了一堆辦公室鳥事，逗得湯姆開懷大笑。她的日常悲慘，是他歡笑的來源。這次是公司的業務專員和公關經理有婚外情，全辦公室都看見他們在上班時間去辦公室附近的賓館。雖然他們一前一後出去，又一前一後回來，但那鬼鬼祟祟的表情、扣錯的鈕扣、凌亂的頸後髮絲，尤其嘴角那抹神秘微笑，洩漏了一切。那間賓館叫星辰旅館，所以「看星星」在辦公室成了上床的代號。每天早上，同事見面問候，昨晚看星星了沒，下班時道別，互問今晚會看星星嗎。

「我放假就會看星星喔。」湯姆說。

月青做了個噁心的表情，「我不想知道。」

「妳不看星星嗎？」

「關你什麼事？」

「關心妳啊。」

「不必了。假惺惺。」

「借錢給我。」他伸手，掌心向上，放在桌面。

月青從錢包抽了兩張千元鈔票。

「明天一大早回台中軍營，我今晚會睡在三溫暖。就在台北火車站旁邊。」

「三溫暖可以過夜？」她茫然，以為只是蒸汽間和身體按摩。

他眨眼，「可以看星星。」

「我不想知道。」

那一年，湯姆在台中當軍人，她在社會當新鮮人，湯姆軍中放假就會找她，多數都是在聽她抱怨工作。她月薪新台幣兩萬元，每天陪老闆開會出差兼上酒家，人際關係糟糕得一塌糊塗，人越來越往內縮，每天醒來都不想起床。見了湯姆，好像看見一點過去的自己，才二十歲，走在到處掛滿抗議海報的青翠校園，天天翹課去遊行，生命似乎還很長很久，這一季杜鵑花謝了，明年三月還會再開，他們關切社會，力爭人權，倡議性別革命，偶而為愛情傷心，但不曾擔憂未來，因為他們以為每一年春天都會來，而且是為他們而來。眼前的湯姆已經理了軍人的平頭，皮膚黝黑，他的笑容卻未曾改變，氣質依然清癯不拘，面對這個世界，他們仍可以商量，並肩作戰。他們並不全然孤單。

杜鵑花還未開花，湯姆打電話給她，她剛進辦公室，請他在三角公園旁的咖啡館等她。午休時間，她下來。咖啡雖然難喝，簡餐一般，至少大片落地窗面對公園，春陽絢麗，清風拂過，順手將樹葉翻得嘩啦啦作響，閃耀著正午的光芒。

湯姆直接開口，「麻煩妳借錢給我，但這次我需要多一點。」

月青那天準備過週末，剛好去提款機領了錢。她把錢包內的現金全都抽出來，連硬幣也倒到桌上，從頭到尾沒敢直視湯姆。湯姆那張平時眉飛色舞的臉不笑了，死灰如烏雲密布下的大海，上面密密麻麻佈紅褐色細碎創傷，彷彿有人拿那張臉倒蓋在碎石地上，然後死命用力輾壓，又像刻意毀容，拿針點戳那張臉孔，點出滿天星，令人驚心動魄。月青瞄了瞄他裸露在便服袖子外的手臂，也全是傷口，腳踝黑紅發腫，大片皮膚都不見了。

她淡淡地問，「你這次休假幾天？」

湯姆沒說話，眼皮低垂，下顎因為咬牙而緊繃，如同他當年坐在學生運動場子上絕食般倔強而堅決。

「我還可以做什麼？」

湯姆不吭聲。

她換另一種方式問，「你還需要什麼？」

他啞著聲音說，「我好想抽菸。」

「待會兒去買給你。」

「我自己去買。」

「你何時回去？」

「該回去時就回去。」

「你無論如何都要回……」她沒把句子講完，因為心慌慌，不確定自己的建議對不對。

「妳別擔心。」

湯姆把錢收起來。月青提議自己再去轉角提款機多領些現金，他也不回答，人就走了。

那個春季又濕又冷，雨霧綿綿，出門撐傘不是、不撐傘也不是，令人心煩，她每天找報紙來讀，瀏覽大小標題，連分類廣告都不放過，擔心錯過消息、又擔心真的讀到消息。一季像一甲子那麼漫長。等到夏天，湯姆總算順利退伍，去一家口碑不錯的政治週刊，留在台北工作。他們又在同一座城市，但湯姆依然神出鬼沒，不常聯繫。月青想像湯姆非常忙碌，天生的工作狂，去到台北各個場所以及活動，見到有趣的人，追逐他有興趣的事件，像隻花蝴蝶，東飛飛，西飛飛，四處沾花粉，揮灑出他人生的花園風景。或許因為她自己如同一顆本該發芽的種籽，因為本身的個性才能及社會機緣等種種因素無法破土而出、好好長成一棵樹，她因之希望湯姆適得其所。

她希望他，快樂。

深秋入冬，天氣沁涼，湯姆穿著灰藍色短袖T恤、短褲、露趾涼鞋，站在她辦公大樓下。

「妳怎麼這麼晚下班？妳不是說，不去南部出差時，妳根本沒事做。」

「是啊，但我們今天早上才從高雄回來。」月青注意到他之前不知道去那裡已喝得醉醺醺，身上空蕩蕩，沒揹袋子，也沒有任何明顯的物品像是筆記本還是購物袋之類顯示他剛剛從哪裡來，反倒像是一個在家邊看電視邊喝啤酒的人，因為啤酒喝完了，菸盒也沒菸了，於是隨便套雙拖鞋走去巷口便利商店，走著走著，迷迷糊糊之間，不知怎麼回事就走到她辦公室樓下，他滿身酒味，神色頹靡，一副居家打扮，月青幾乎要打賭他家裡的電視機還開著，無窮無盡播報著政治新聞。

既然看見她，湯姆自自然然地說，「走，去吃東西。」好像他們事先約好了一樣。

月青辦公室大樓附近真的沒什麼吃的，連那間不怎麼樣的咖啡館也剛好休息，已經喝個半醉的湯姆腳步去不了太遠的地方，他們走到金山南路靠濟南路口的家庭小麵店，切點豆腐、海帶和滷蛋，兩碗湯麵。湯姆再喝了兩瓶啤酒。他整張臉紅通通，尤其眼窩的部分，像是上了深紅色眼影。月青問他工作的事，他呵呵笑，不答，卻用手指反覆敲打她的手背，好像在打電報，喂，喂，卻沒有下文。

他是否有話要說，月青等著，雖然他們之間向來有深刻的理解，從來不需要太多的交談。

湯麵呼嚕嚕下肚之後，湯姆直接醉得不省人事，整個人站不起來。月青鑽到他腋下，把他撐起來，她不知道要送他去哪裡，看他閉上眼睛昏死過去的模樣，估計也問不出他的地址，她抬頭看見對面十公尺處，街道上空，有個招牌，像星星般閃亮，星辰旅館。便拖著他過去。先付費，賓館櫃檯拿了她的現金，給她一張房門磁卡。湯姆的手始終環繞她的頸子，就像戰場上扛著受傷的同袍，她吃力將他送到房間門口，看著他身形不穩地走進去，如同第一天上幼稚園的孩童般身形搖擺，腳步不穩。

「我要走了，你可以吧？」她這位不放心的母親問。

湯姆沒有回頭，擺擺手，「謝啦。明天早上打電話給妳。」

門在她面前關上。

他消失了一季。

舊曆除夕夜，月青接到一通電話，湯姆住進松德療養院，緊急聯絡人寫的是她的名字。她在家門口，幸運攔了一輛計程車，街道空蕩蕩，許多人回家鄉過年或出國旅遊，台北幾乎成了空城，交通順暢，她很快到了療養院門口，意料之中，大門深鎖，探視時間早已過了。她請教櫃檯人員，也問不出個案的細節，對方只是不斷請她回去，大年初六之後再回來。

「過年啊，小姐。」除夕夜值班的男人有一頭灰髮，身軀微胖，很少走動的樣子，一對三角眼充滿了人生的無奈，不曉得他有什麼故事使得他除夕夜在精神療養院值班。

她只好回去大街，才發現這一帶街燈很少，她先在公車站牌前等了一會，一直沒車來，她開始回想腦海裡的城市地圖，朝東區方向行進。朦朧山影隱在她身後的天際，路燈稀疏，一向擁擠的台北街道變得空曠，走起路來特別舒坦，她跨步，大口呼吸，難得冷冽的冬日空氣像冰河融化的水一樣灌進她的肺部，霎時令她腦子清醒不少。她穿過彎彎曲曲的台北巷弄，經過人們裝了鐵窗的公寓下，幾處畸零的三角公園，她想，究竟是哪些人負責設計這些建築物，竟然這麼醜。

年假結束後，湯姆已經出院了。白天的櫃檯換了一批年輕女性，其中一位綁著馬尾，長相清秀，但沒什麼笑容，點點頭，告訴月青她記得那位病人，因為他被送進來時，剛好是她負責處理。

「他是記者，對不對？」醫院人員問。

月青才猛然想起，她根本不知道湯姆在政論雜誌當記者、編輯還是會計，應該不是會計吧。她胡亂點點頭。

「有個先生先送他去淡水的馬偕醫院，之後才轉過來我們這裡。聽說因為要過年了，他們公司的人稍微小聚一下，喝了很多酒，妳的朋友想去沙崙沙灘看日出，大家都不想，只有那個先生是他們雜誌社的資深攝影記者，因為年紀長一些，覺得他一個南部小孩在台北過年很可憐，便同意陪他去。他們到了沙灘之後，太陽還沒出來，四周仍是暗夜，只有耳朵聽見海浪洶湧的聲音，那個攝影大哥逆風要點根菸，低頭才幾秒鐘，妳的朋友開始大喊大叫，同時脫光身上的衣服，一路直直衝進漆黑的大海去了。攝影大哥嚇壞了，趕緊扔了菸，也往海裡衝，硬是把他從水中拉回來。攝影大哥氣死了，顧不得自己也渾身全濕了，一路飆車到淡水馬偕醫院。人是救清醒了，但妳朋友喝酒之前也嗑了一堆藥，他們懷疑他不是因為喝醉酒才臨時起意衝進海裡，而是根本不打算活了，所以才轉到我們這裡觀察。攝影大哥很生氣，覺得妳朋友是個大麻煩，他不願意留他的電話給我們，我問妳的朋友有沒有其他親友，他人呆呆的，慢慢一筆一劃，手寫妳的電話號碼在紙上，我們才通知妳來。」

「他……他幹嘛不想活了？」

「我們不知道。妳可能要自己問他。既然他指定妳是他的緊急聯絡人，你們肯定很親，至少他信任妳。妳要問問他，開導他，叫他不要再這樣殘害自己。」

她拿出她新購的瑞典愛立信手機，藍色塑膠殼，打電話給湯姆，沒有回應。

她不知道他住哪裡，於是換她去他工作地點找他。她到的時間已近中午，政治週刊社沒什麼人，估計大部分記者都去追新聞了，只有一名中年男性坐在最裡面的小房間。二十坪空間，靠牆排了兩櫃子書，擠了五六張辦公桌，一張小圓桌和四把藤編椅子，圓桌上的煙灰缸塞滿煙屁股，幾個馬克杯全是茶漬，磨石子地板蓋滿灰塵，室內沒有植物也沒有水族箱，一堆紙箱堆在角落，正午陽光想要穿過霧玻璃和鐵窗，並不成功，只替雜誌社抹上一層灰濛濛的歷史照片感。裡頭的小房間似乎是主管辦公室，門開著，巨大的木質辦公桌占去幾乎全部的空間，坐在皮質高背椅的男人彎頸在看稿，一大杯熱茶冒著霧氣，窗子開著，不時傳來摩托車的噪音。月青怯怯地手敲門邊，引起他的注意，簡單自我介紹，請問他湯姆的下落。

他抬起一張典型白面書生臉，下巴方正，高鼻闊嘴，大黑框眼鏡，不知是否因為月青的打擾而感到不悅，額頭此時擠出兩條皺紋，眼神固執，嘴型傲慢，予人難以取悅的印象。他先問月青是誰，當他知道月青是湯姆的同學時，他放下手上的筆，背往後靠，抬起上半身，嘴角微微勾上去。

「妳是他女朋友？」

「不是，我們是大學同學。」月青在心裡翻白眼。男孩女孩之間就不能是朋友。

「你們同班？」

「是。」

「那我問妳，他以前在學校真的是大才子？」

月青一時語塞，不懂對方問話的用意。

「我請教妳是因為，如果他有一點才華，哪怕只是一點點，我也看不出來。」

他搖頭。

「喔。請問他今天什麼時候進來？」月青只想找湯姆。

「我叫他不用來了。」

「喔。」

「妳聽懂嗎？他不在這裡工作了。」

月青緘默了幾秒，「那請問您有他的聯繫方式嗎？」

「妳不是他同學嗎？」他揶揄她。

「他的電話不通。」

對方誇張地笑，還嘆口氣，「這就是典型的他。編輯會議沒一次準時出席，交題目給他，他會交出另一個題目，還對我說教為什麼他寫的題目比較重要。時不時搞失蹤，無緣無故失聯，非常不專業。薪水倒是沒少領。他跟我說，他大學搞學運，選過學生會主席，說警察騷擾他父母、學校差點畢不了業，當兵的時候被霸凌，我同情他，用了他，沒料到他學養不足，眼高手低，沒有任何專才，不懂工作倫理，且缺乏教養。」

「貴社應該有他的地址吧？」

「他什麼都不行。」

「我聽懂，您覺得他一無是處。但，他剛出社會，只有二十七歲……」

他強硬打斷月青：「二十七歲，年齡已經不小了。我二十五歲出第一本書，二十七歲時已經當了《中國政治論壇》月刊的總編輯。」

「你為什麼要這麼殘忍？」月青感覺胸中有把火。

「殘忍？拜託，你們這一代溫室的花朵，根本什麼都沒見識過。真正的殘忍來自你身處的時代，來自專制的政權。妳還在兒女情長，同情妳的同學。我們這一代追求知識，爭取自由，以生命實踐真理。我同輩之人，有人因為是左派，上了黑名單，一輩子流亡紐約，有人寫一篇僅兩千字的文章就被丟到綠島，監禁長達十年，出獄時已過中年，連基本溫飽都成問題。還有人遭國家以叛亂罪起訴，審判期間，一對雙胞胎女兒和老母獨自在家遭歹人闖入，亂刀砍死，至今查不到兇手、未來恐怕也永遠成謎。」

月青大聲，「你應該給他一個機會。」

「小姐，你們對這個世界沒有責任嗎？」

「你要我們怎麼樣？」

「覺醒，睜開眼睛，戰鬥。」

「我們學生時代常常靜坐抗議，上街遊行。」

「學生時代算什麼，社會對大學生總是非常容忍，認為年輕人有理想，本來就叛逆。現在，你們也是成年人，你們自問你們做了什麼？你們敢不敢？」

「敢不敢什麼？」

「敢不敢真正付上你們的人生，作為革命的代價？」

「我們的人生？」月青惘然，笑了，「什麼人生？」

「面對現實吧。不要再裝小孩子了。」

「萬一我們第一個要改革的對象就是像你這種大人呢？」

「那就看你們有沒有能力了。」他冷笑。

月青猛然轉身就走，顧不上禮貌告別。雖然她不曾再回頭，但她可以感覺到她的背後，一對輕蔑不屑的眼珠子透過厚鏡片正無聲地藐視她，追隨她一路出門，將纏著她一輩子不放。她從來不擅長吵架，總是事過境遷之後才懊悔不已，當時應該那麼說這麼說，拋出一句致命的關鍵話，叫對方當場閉嘴啞口無言。但當場她就是舌頭被貓咬走了，什麼話都說不出來。她只能像個沒用的懦夫悻悻然逃離現場。她大跨步走上街頭，背包斜揹，長髮在她背後飄逸。整個台北市，說大不大，說小不小。她不曉得她該上哪裡去。

等到滿街青綠，夏蟬鳴聲震耳，天空藍到一點瑕疵都沒有，湯姆來找她。原本清瘦，而今更加消瘦，寡笑，少語，坐在她對面，只飲酒，滿桌菜，燙青菜、燻鵝肉、薑絲和切仔米粉，他一筷子都不動。他的骨相還在，方臉白皙，微鳳眼，細框眼鏡，唇角還是微微上揚，好像隨時下一秒就會大笑，住在他眼裡的那個孩子就會立刻跳出來，活蹦亂跳。

菸倒是還抽，他抽了兩根之後，「借我錢，好嗎？」

月青抽出兩張千元鈔票。

「我會還妳。認真。」

月青啞然失笑，「我對你從來沒期待。」

湯姆頓了一下，「真的嗎？為什麼不呢？」

月青感覺到了他的傷心，她慌了，「開玩笑的，你別介意。你想還錢就還啊，反正我二八芳華，很缺錢呢。」

「二八芳華是十六歲，不是二十八歲。而且我們二十七歲，明年才滿二十八歲。」

「隨便啦。」

有一度，風停了。四周無聲，世間萬物似乎不約而同靜默了一秒，然後又重新轉動。

所有噪音又再度八方湧來，湯姆說，「他們現在有雞尾酒療法，我上個月開始服用了。」

「不是化療？」月青愣了一下。腦子就像暗夜豁然閃電，明白了一些事。

「又不是癌症。」他笑她白痴。

「我怎麼知道？」她狀似無所謂地聳肩。

「很大一顆，」湯姆用食指和拇指拉出一個幾乎五公分的長度，「吞得很辛苦。」

月青沒說話。她覺得逐漸從天空垂吊下來的那一大片黑色布幕不叫夜晚，而是死神的斗篷。不知從何而來的怒氣充滿她的胸腔，兩顆肺就要爆掉，她伸手拿走湯姆的酒杯，粗暴地說，「早就叫你戒酒。」接著，反手拍掉他擱在桌上的半包菸，「菸也不要抽了。」

湯姆笑出來，「對。」

「你給我好好活下去。今天開始戒酒戒菸，早睡早起，給我去運動。」

湯姆從地上撿起被她揮手打掉的菸盒，又抽出一根雪白的長菸，打亮塑膠殼打火機，打火機上面貼著裸女貼紙。菸頭燃燒，發出滋滋聲，他深深吸一口，優雅地，好像在演電影似地，吐出一縷長長的白煙，用拿菸的同一隻手輕輕推了推眼鏡，一根指頭揩乾眼角的那點濕意。

「在大都會雜誌新工作如何？」湯姆問，「妳們總編輯不是很有名嗎？報紙副刊寫專欄，常上電視，還當什麼文化基金會的顧問。」

月青不知從何說起。她想說，我的主管是個瘋子，成天在外四處兼差，和各處富商、名流、政客和媒體人吃飯交際，把酒言歡，互搓後背，從來不進辦公室，要求月青在董事長進辦公室時立刻打電話給她，她才從城市不知何處趕來，裝作她不過下樓兩分鐘，去後巷透透氣，抽根菸，思考如何下封面標題。平時一張臉陰沉邪惡，宛如電視卡通的壞蛋在盤算什麼害人的計謀，在走進董事長辦公室的瞬間，突然堆滿諂媚的笑容，巧言花語，將董事長當作自己的祖母一樣奉承，只差沒跪下去替董事長脫鞋、揉腳。初入行的月青不知道怎麼編雜誌，請教她技術問題，她露出優雅的微笑，告訴月青，最有效學習游泳的方式就是直接把人推下水，為了活下去，人就會拼命划水，不會游泳也得會。萬一學不會，她輕嗤一聲，那就淹死吧，沒聽過達爾文演化論嗎。月青負責找題目、約採訪、想辦法編成專題、下所有標題，自行月產五萬字，包括三萬字翻譯外電、兩萬字採訪稿，有時候還要兼差攝影，拿出自己買的照相機。主管的角色，以她自己的話來說，只是「檢查功課」，像老師一樣拿著鞭子等著學生交作業。月青的狗爬式游姿，完全無法打動她，她不斷冷嘲熱諷，身上掛滿社會資源卻不願做事，就愛大發雷霆，挑三揀四，好像她們依然活在清朝，月青是她買來的丫鬟。父親是一輩子當官的國民黨權貴，母親是滿指蔻丹的官夫人，七十年代唸美國學校，在圓山俱樂部游泳，去晴光市場買牛仔褲，八十年代出國留學，一回來就在報紙副刊開專欄，只因主編是她的好友，當她第一次暴怒對月青狂吼她的不滿時，她指著月青的鼻子，妳一輩子都別想在台灣文化界混，我一根手指就能擋住妳全部的出路，妳最好祈禱這世上有哪個笨男人要娶妳，妳能為他煮三餐、生孩子，每晚坐在小公寓客廳摺他們的衣服，深怕他們回家時間太晚，桌上妳精心準備的飯菜會涼掉，那就是妳唯一可能獲得的幸福。每天上班，月青的感受是經常遭受暴打，語言作為一種暴力，主管每一句都是結實的拳頭，朝她沒頭沒臉猛揍下去，而且出其不意，不知從何而來、為何而落，上一秒在眾人面前仍歡愉談笑、親切可人的主管，轉身即變臉成惡言惡語的家暴父母，隨便一點小事都會惹她失控，劈哩啪啦連珠炮怒罵月青，下一秒她又恢復鎂光燈前的台北名流，法國名牌眼鏡，低調奢華的穿著，言語幽默，氣派大方。而社會多麼歡迎這種表裡不一的大人。主管向月青完美示範什麼叫文化資本，美學標準無關藝術鑑賞或文化共情，而是私人俱樂部的會員資格條例，沒活在他們的社會關係網絡中、不存在於他們習慣的文化語境裡，就永遠不值得一哂。這跟你優不優秀根本無關，而是他們認不認同你為他們的一分子，文化論述不過是解釋俱樂部的會員辦法。

就在她與湯姆見面的前一天晚上，她的主管在長春路跟朋友吃晚飯，叫她把一些文件送過去。當天月青穿黑色套裝，下半身是合身的窄裙，短跟黑皮鞋。主管和一對文化界夫妻以及他們大學剛畢業的兒子一起吃飯，月青加班到晚上八點多，抵達餐廳時剛過九點，那一家子起身離席，剩下滿桌菜，主管要翻看文件，叫月青坐下來，如果餓了，可以幫忙吃他們五個人沒吃完的剩菜，月青夾了一筷因為冷掉而發黑的空心菜，剛放進嘴裡，主管在旁冷笑，放下文件，果然沒見過世面的女孩子，客氣叫妳吃，妳還真以為妳能下筷，妳是流浪狗嗎妳，看見剩飯剩菜就撲上去。妳不想想自己是誰，我幹嘛要請妳吃飯，妳在我手下做事，應該是妳請我吃飯巴結我吧。我請那對夫妻，答應要幫對方兒子找工作，那是因為人家在台北市呼風喚雨，人脈豐沛，兒子從小留美，剛從紐約大學畢業，比起他這種小孩，妳就是夜市地攤在拍賣的塑膠拖鞋，三雙一百元在大拍賣。妳以為妳二十幾歲，青春了不起，主管譏諷地斜眼月青裙外的一雙腿，窮人家的孩子，連腿都長不直，皮膚那麼差，妳想賣，人家還不想買呢。月青被她的話激怒，站起來要離開，主管怒吼她付錢再走，天底下沒有白吃的飯，月青放了幾張紅色的佰圓鈔票在桌上，主管目光兇殘，當場將國幣用力撕成碎片，使勁之大，大到她自己臉都變形了。月青只想快點逃離，轉身往外跑，主管罵她沒家教的賤貨，伸手從後攫住月青的手腕，用力把人往後扯，月青一時失衡，整個人摔倒，如同一塊等著任人宰割的五花肉被重摔在砧板上，啪地很響，後腦杓狠狠磕在磨石子地板，四腳朝天，內褲全走光了。滿餐廳的人，頓時全安靜下來。沒有人出面制止那位主管，或試著幫助月青站起來。他們只是默默看熱鬧，一齣免費的滑稽肢體喜劇。遠處，服務生和經理宛如舞台監督，緊張地觀察著這起戲劇事件，惟恐節外再生枝。月青這名不入流女演員幾番掙扎，終於痛苦地爬起來，因為腰部感到尖銳的疼痛，不得不以可笑的姿勢，一拐一拐走出餐廳，背後傳來她的主管和其他客人交談，聲音文雅，帶著遺憾的同情語氣，現在年輕人就是這樣，做不了事、吃不了苦，只是說她兩句，就受不了要衝出餐廳，結果自己跌個狗吃屎。其他客人回答，妳真是善心，願意指點她，這叫做功德，不然也可以撒手不管，又不是自己生的。

當夜，月青躺在床上，她的傷痕不在紅腫的後腦杓、扭傷的腳踝或摔疼的髖骨，卻是她流了血的手掌。她離開餐廳時，一群陌生人在嗡嗡談論她，語氣那麼隨意，那麼漫不經心，當作路邊死了一隻不起眼的昆蟲。為了不讓自己哭出來，走出餐廳時，她死命掐緊拳頭，指甲在手心掐出了血。

新工作的這兩個月，每當主管嘲笑她的家庭背景和她做貿易生意的父母，她就會想起她的黑道老闆。他高中勉強畢業，沒錢沒勢，像頭動物闖入叢林，後來做生意做得大，八成也是走旁門歪道，才會搞到公司破產、自己入獄，月青因此不得不重新另找工作。但月青已經明白，他只有他自己，在這個世界胡混，混到腳筋被其他人類挑斷，也只能繼續一拐一拐走著自己的路。他跟月青溝通，沒什麼耐心，卻沒羞辱過月青，沒用髒字問候她的全家。因為黑道老闆的關係而認識的酒家小姐，個個漂亮，心思細膩，各有各的人生故事，尤其在雙城街上班的小美，月青時常在想，若小美和她的主管之間有什麼不同之處，不過就是生在不同的家庭。因為生錯家庭，小美的絕色容顏不但沒有助她變成電影明星或嫁入權貴之家，反倒成為她一生的詛咒，當她的父親做生意失敗，如果小美不是十五歲就出落得婷婷玉立、傾城傾國，地下錢莊很可能只是虐打她父親一頓、以砍光他的手指作為結束，而不是決定以她的二十年賣身契做抵債，五十三歲的酒家老闆也不會色慾薰心，決定將她占為已有，包養她十年、直到他有天去洗三溫暖，出來時，當街被仇家砍殺身亡，沒留任何資產給小美。父母偏心沒出息的弟弟，為了支付家裡開銷，沒有一技之長的小美只能繼續在酒家上班。月青已經明白了，這些都不是俗爛小說的誇張情節，而是社會的現實。從來不是人生模仿藝術，而是藝術抄襲人生。這些人生故事如此荒腔走板，寫成小說都讓人見笑。

之於台北，月青主管口中由她和她的朋友掌控的這座城市，月青、前任黑道老闆、小美皆是沒名沒姓的百姓，如同德國導演弗里茨·朗的電影《大都會》，在城市的金字塔下，他們只能以最原始的勞動資本，也就是與生俱來的身體與智力，當作城市的燃料，驅動城市的運轉。小美羨慕月青多了文憑，教育看似突破階級的途徑，但很不幸地，都市的階級由金融資本建構，以文化資本形式壟斷社會優勢，鞏固話語權，建制緊密的政商關係，以高高在上的優雅方式致富，一代傳一代。有沒有文憑，只是製造廠商的標籤不同，終究是隨時可以替換的電池。

短短兩個月，月青內在蒼老好多。她不知從何而起解釋給湯姆聽。他們之間不說這些事。他們向來只談論文學與電影，好像那才是他們活在其中的現實世界，而當下此時他們身處的這個時空反倒是不真實的幻影。文學與電影是他們的夢與信仰，他們認知世界的依據。當湯姆全臉刺滿軍中傷痕，當她被社會的拳頭揍成豬頭，他們還是在討論藝術，彷彿教徒尋求宗教的避難所，以為住在萬神殿的神祇們會庇護他們。面對雞尾酒療法，他們仍只想討論愛和自由；與其說，對他們而言只有這兩件東西最重要，不如說，他們的腦袋過於單純，除了這兩件事，其餘都不懂。他們就像並肩坐在寬廣的沙灘上，無月的夜晚，夜空遼闊，耳下，除了浪濤洶湧，一片寂靜。只剩下赤裸裸的時間，像無盡大海包圍著島嶼。他們個人的歷史還來不及寫在沙灘上，就已經被海風吹走了。暗黑大海無邊無際，一直往前延伸，不知盡頭。他們是島民，島是他們生命的全部，大海誘惑著他們離開他們的島，但他們不知道他們這一腳踏出去，會是永恆、還是死亡等待著他們。

那年除夕夜湯姆奔向大海，月青喃喃自語，「你當時想要奔向永恆。」

湯姆敏銳接住她的話，「我想當一條游泳的魚。自由自在地游，到處游，一直游，游，游到游不動為止。」

月青不說話。

湯姆嘿了一聲，「妳不要臭著一張臉。」

「我沒有。」

他沒頭沒腦地安慰她，「事情沒妳想像中的糟。」

「夠糟了。」

「他們沒有那麼強大，我們也沒有那麼脆弱。」

月青艱難，低頭，阻住即將掉下來的淚水。

湯姆唱起台語歌，聲音柔情而沙啞，帶點走船人的滄桑，想我一生運命，親像風吹打斷線隨風浮沉沒依偎，這山飄浪過彼山。月青聽了一會兒，聽出那是吳念真填詞的〈桂花巷〉。

月青問，「那你接下來打算做什麼？」

「我要拍電影。」湯姆像尊佛像淺淺地笑，「妳不是要寫小說嗎？」

腦海中浮出那張中年女人的刻薄的嘴，趾高氣揚地說，我一根手指頭就能擋住妳全部的出路，月青困難地嚥下她原本想說的話，「我不知道。」

「不知道小姐，妳要有信心。」

「我對自己沒什麼信心。」

「不，妳要對人生有信心。」湯姆安安靜靜地說。

慘白的路燈下，蚊蟲飛繞，店家湯鍋冒著熱騰騰的白霧，摩托車奔馳來去，畢竟入夜了，空氣有點涼，湯姆端坐在那裡的姿態，宛如來自遙遠星球的小王子，散發初次來到這個地球的潔淨感，尚未沾惹塵埃，還未遭受人類文明的污染。他的夢幻氣質始終沒變，最好都不要變。月青想起三島由紀夫在《金閣寺》的句子：「你如何能一手觸摸不朽，一手觸摸人生？這是不可能的事。」

她情不自禁伸手輕觸湯姆的臉頰。

摩托車一輛一輛呼嘯，如同時間一分一秒，滑過他們身邊。生命無論如何都會流逝。

「只想摸摸你。」

「好。」

「不要丟我一人在地球。」

他笑了，「我還沒有要回去我的星球。」

她認真，「我沒有什麼朋友。你要是我朋友，就義氣一點，要陪彼此一起老。」

湯姆嗤之以鼻，「妳不要太好笑。」

「就要。」她把手收回來，掏錢買單，抽兩張紙鈔給湯姆。

等不及月青遞辭呈，她的主管先辭職了。台灣第一次直選總統，對岸的中國兩千枚飛彈對著這塊島嶼，全球注目台海危機，以為要爆發第三次世界大戰，主管快速變賣手上所有的台積電股票，兌現美金，將台北仁愛路圓環附近的公寓租出去，三個月內完成移民美國。走前丟一句話給月青，你們島民以為自己可以治理自己，就走著瞧吧。彷彿早就知道整本雜誌本來就是月青在編，董事長不慌不忙，升月青為主編，日子繼續，下一本雜誌按時出刊。董事長有位將軍父親，嫁給電腦企業老闆，一頭捲髮及肩的蓬蓬頭，唇膏永遠是正紅色，濃黑眼線，藍眼影，套裝上衣縫有閃閃銅釦，假墊肩使她宛如好萊塢電影裡的企業主管，住在美國八〇年代的紐約，穿慢跑鞋搭地鐵、到了辦公室換高跟鞋、下班之後去健身房、換緊身衣跳韻律舞、跳到香汗淋漓的那種上班女郎。董事長雖然升了月青的職位，卻沒有加薪，她鼓勵月青，「像妳這樣普通人家小孩，妳父母一定很高興女兒有這份工作，不用謝我，只要妳好好努力就行了。加油。」

湯姆進了南部大學紀錄片研究所，搬到台南。立冬那天，她和兩個舊社團朋友去看他。台灣還沒有子彈列車，一行三個人一早從台北出發，到了台南已經接近傍晚。湯姆帶他們逛台南。坐在露天小吃攤時，圍在桌邊的四張臉龐仍值芳華，似乎無憂無愁，對世界充滿好奇，湯姆尤其開心，恢復學生身分令他整個人重新燃起光彩，神采飛揚，彷彿回到未來的起點，自己仍是一個問號，充滿各種可能性。他當晚嘰嘰喳喳，話沒停過，講個不停，興奮介紹新生活的細節，像是平日上課地點在哪裡、同學從哪裡來、教授都哪些人，他怎麼準備課業，連他每天吃什麼的三餐內容都鉅細靡遺解說給他們聽。飯後，他們又湧去湯姆的宿舍。房間很小，一張單人床、一套寫字桌椅、一個拉鏈開關的塑膠布衣櫥，書桌上，磚頭厚的歐洲文學史、美國文學史擺一排，牆上，他貼滿他喜歡的圖片，有從報紙剪下來的新聞照片、明信片大小的電影海報、他和朋友去證件快照亭連環拍的四格黑白照，還有他用黑筆大字塗鴉，「時間是沒有堤岸的河流」，字跡遼闊，幾乎滿牆。四個人坐不下，通通站著，圍著他的書桌，東翻西看他收集的書籍和照片，討論那張他貼在睡床那面牆的法國導演楚浮《四百擊》電影海報。小小空間因為盈滿笑語和熱情而變得溫暖，她本來只是拿下圍巾，後來還脫了大衣，坐在床上，抬頭看他們其他三個人笑著，她也不自覺笑著。她和其他兩人要走回去旅館，湯姆站在他的門口跟他們搖手道別。正要開步，湯姆快速塞給她一張淡紫色的紙條，她揣在懷裡。湯姆沒有馬上進去，靠在門框，看著他們離去，一盞暈黃的燈在他頂上，照亮他的圓臉，彷彿一輪明月，他的身軀單薄像寒冬的枯枝，只要輕輕一扳，就會從樹上扳斷。他看上去孤單，月青有點不忍留他一人，頻頻回頭，直到必須轉彎。

濕冷的古城冬夜，燈光暗淡，方才聚會歡樂的熱空氣逐漸從月青的胸腔流洩出去，她感覺兩顆肺緊縮，幾乎要喘不過氣來，不由得摟緊大衣領口，渾身戰慄。老樹陰森，鬼影幢幢，猶似島嶼的孤魂行列，一個接一個，無聲地行走，她這個活人與他們同一方向，終究要遁入歷史的暗夜。

隔天早晨，雲淡天青，世界又煥然如新。上火車回台北，窗外碧綠稻田成片成片飛逝，陽光曬在路過城鎮的屋頂，島嶼每一道風景呼喊著生的力量，映在月青的清冽瞳孔。這世間如此繽紛美麗，使她戰慄。坐在靠窗座位，她從牛仔外套的口袋拿出湯姆的紙條，在腿上展開，他的字跡大而潦草，抄了一段詩。幾年之後，月青才知道那是中國詩人海子的詩。

從明天起，做一個幸福的人
餵馬、劈柴，周遊世界

從明天起，關心糧食和蔬菜
我有一所房子，面朝大海，春暖花開
從明天起，和每一個親人通信
告訴他們我的幸福
我將告訴每一個人
給每一條河每一座山取一個溫暖的名字
陌生人，我也為你祝福
願你有一個燦爛的前程
願你有情人終成眷屬
願你在塵世獲得幸福
我只願面朝大海，春暖花開

窗外美麗光影不斷變化，進入車廂的光線時強時弱，斑駁映照在月青年輕緊緻的肌膚上，當她眨眼睛，黑睫毛在臉龐投下細緻的陰影，像蝴蝶撲翅般詩意，同時透露著生命的脆弱。分明風光明媚，世間看似靜好，她想，然而，錯過了花季，沒能來得及綻放，花苞依然會凋謝吧。她再度陷入昨夜的陰鬱心情，悲哀來到心中的方式總是迅速而無聲。這個繽紛世界無論如何都將繼續，無論他們來不來得及參與。

湯姆回台北拿藥，頭髮燙捲染金，戴隱形眼鏡，單耳掛環，身骨愈見薄，下巴稜角鋒利如刀，變身西門町新潮青少年打扮，活力充沛，隨時準備幹大事。

他認識了一個魯凱族男孩，對方瞳孔很黑，嘴唇很美，說話特別，超級迷人，「他不習慣漢語，總是不斷誤用、胡亂發音，好可愛。」

「哪裡認識的？」

「台中。」他考她，「人生在哪裡跌倒，妳覺得下一句是什麼？」

「從哪裡爬起來。」

「他說，就哪裡躺好。」

月青被逗笑了。

「碰到有人沒禮貌問他皮膚為什麼這麼黑，他說，不知道呢，可能每天晚上喝醉酒走路回家時，被月光曬黑了。」湯姆模仿男孩的腔調說話，一臉陶醉，「好可愛。我好愛他。」

月青想問，那，他愛你嗎。不知為何問不出口。她看著那張爛漫的笑臉，久違了。

那就好了吧。

他決定讓紀錄片研究所的學弟拍他。湯姆變成一部紀錄片的主題。月青不知道該怎麼想這件事。她腦裡閃過了曾經讀過的新聞標題，一行黑色楷體寫著：「女學生租屋處吞毒，衣不蔽體自殺身亡。」突然之間，那個人不是才華洋溢的大學同學，不是滿懷熱血的學運分子，不是對每部法國新浪潮電影皆如數家珍的電影迷，那個人不是她的摯友。他不是湯姆。他是一名愛滋病患，一個值得研究的社會案例。他被放在解剖台上，就像十九世紀初被歐洲殖民者帶回巴黎的那名非洲女人，她失去了自己的名字，於是他們稱她為「黑色維納斯」，以醫療之名，赤身裸體，暴露於眾目睽睽之下，供人們獵奇觀看研究甚至撫摸。

喔，那名愛滋病患，新世紀黑死病的受難者，來看他如何從人生勝利組變成人生失敗組，像一朵被命運碾碎的花，以殘破的面目苟活在這個世上。喔，可憐的人啊。她恨這種諂媚公眾的展演。

湯姆的母親不知從哪裡聽說了，如同當年她心急如焚，清早搭火車，趕去台北的中正紀念堂找她靜坐絕食的兒子，她驚慌失措隻身跑去台南找那名要拍攝湯姆的學弟，苦苦懇請他千萬要停止這項計畫，希望湯姆的身分不會曝光，不是害怕他們家在街坊鄰居前抬不起頭來，而是她以為，在藥物的幫助下，湯姆的病情已得到控制，湯姆生病這件事只要不為公眾所熟知，他就能低調過他的人生，不需扛著汙名。這個世上生病的人何其多，病況千奇百怪，大家仍繼續活著，梅毒也曾是不治之症，現在醫學發達，變得沒什麼。她希望她的兒子會得到相同的機會，好好生活下去。然而，這位自我想像中即將成為偉大藝術家的學弟嚴正表明了不可能中輟拍攝，這是對社會大眾來說太重要的一項藝術計畫，連湯姆本人都同意這部片的時代意義，不然他不會一口答應。湯姆的母親轉而流淚哀求，至少拿掉湯姆在鏡頭前自慰這一段，作為母親，她覺得不堪。老母親的眼淚不免讓年輕導演稍微動搖了，但他的藝術良心很快恢復清醒，性在整個愛滋病的論述裡佔了一個關鍵位置，他不能輕易退讓。何況，這是你兒子自動提議的，我本來也不想拍，否則我幹嘛看一個男人在我面前自慰，導演對年邁的母親說。

片子完成之後，題材新穎聳動，台灣文化圈驚艷，年輕導演開始大張旗鼓地上媒體，每次接受採訪都帶著湯姆，滔滔不絕，敘說他拍這部片多麼艱辛，抱怨湯姆其實不是一個容易合作的拍攝對象，矯情多變，善於情緒勒索。旁邊坐著湯姆自顧自地抽菸，好像臨時被抓來充人數的觀眾，滿臉事不關己。

導演要帶著他的藝術片和他拍攝的對象，一起去東京參加影展。湯姆表現得像明天要去野外教學的小學生，興奮跑來向月青借單眼相機。他知道月青考慮很久，剛剛才忍痛買下，足足花了她三個月薪水。月青心情亂糟糟，不想借給他，不是因為怕他弄壞那台昂貴的相機，而是她根本不想他去。她打從心底恨整件事。

「你怎麼去？」她口氣不佳。

「他們出機票錢和三天住宿費。我們會住在新宿車站附近。」他發出風鈴般清脆的笑聲。

她惡狠狠地瞪他。

「妳在鬧什麼脾氣？」

「我沒有。」

「哪沒有？妳看妳的臉。」

月青彆扭不說話。

「妳幹嘛？」

好不容易，她迸出一句：「我不喜歡。」

「妳不喜歡什麼？」

「就不喜歡。」

「不喜歡什麼，說啊？」他逼問。

你像人家的猴子似地。她咬牙，不說。她知道這句話傷人，她不應該。

湯姆不慌不忙，沉靜地說，「這也是我的作品。」

「別人也這麼想嗎？」她聲音從牙縫迸出來。

「我的人生。」

「藝術沒那麼偉大。」

湯姆沉默，靜靜地說：「不要說出自己不相信的話，尤其在生氣的時候。」

月青氣噗噗，嗤了一聲，「笑死人了。」

「那妳就笑一笑啊。」

月青擺出比哭還恐怖的笑臉。

「給啦。」他求情。

她不情不願把相機袋子放到桌上。冬陽和煦，穿透路邊的樹蔭，在咖啡館的桌子印下粼粼波紋。她老是喝曼特寧咖啡，湯姆笑她，出了台灣和日本，根本沒有曼特寧咖啡這個概念。

「我要去三鷹市看太宰治。」他懷抱那台新相機，樂不可支。眼睛透著光。

片子沒得獎，也沒引起任何國際漣漪。月青看見報端一張照片，一張記者發布會常見的長桌，導演坐中間，拿著麥克風在說話，湯姆遙坐在導演右手邊的桌角，一如往常眼神放空，靈魂出竅，一副事不關己，他只是來東京旅遊剛好路過。

片子放完，湯姆又在東京獨自待了兩個禮拜。人回來了，相機沒有。他從袋子拿出一張裱了框的黑白速寫。從筆記本撕下來的紙張，黑色鋼珠筆素描，圖中央畫了一個青年人，黑色短髮，坐在地上彈吉他唱歌，圖畫上方、年輕歌手面對的街頭畫了無數黑色人影正在忙碌穿梭趕路，顯示人潮洶湧，背景有大樓也有天橋。左下角畫了一雙盤坐的腿、和一隻手拿著煙，這個人顯然正在聽歌。右上角有個裝扮華麗的女人，笑容凝結，看起來像假人，不知是否是櫥窗。幾個音符飄在半空，表示現場音樂沸騰，歌手正忘情地歌唱，還有日文寫著尾崎豐的幾首名曲，〈15的夜晚〉、〈畢業〉、〈十七歲地圖〉、〈I LOVE YOU〉，下方簽名新宿歌舞伎町。速寫的紙，下面襯黑紙，鑲黑框。

「送妳。」月青接過畫框，湯姆說，「這是我去東京最難忘的經驗，在歌舞伎町的二月，一個十九歲唱歌唱整晚的男孩。左上角是人影，右上角是張舞台劇的海報，這個地方就在我剛看完岩井俊二《情書》的電影院外，麥當勞前面。下著雪，零下二、三度吧，我看見他彈吉他的手很用力，即使沒人聽都那麼認真，我坐下來，在他後面靠著牆，抽菸。每唱完一首，我就鼓掌。去自動販賣機買熱咖啡給他。我趁空檔和他聊，他已經來新宿唱一年多了，『希望有人發現找我去當歌手出唱片啊』。我說，啊，有夢想真好。他笑一笑。我說，你會唱尾崎豐的歌嗎。他說，是他好喜歡的歌手，然後，他沙啞唱著，〈畢業〉，〈Love Way〉，〈15的夜〉，和招牌歌〈I LOVE YOU〉。因為沒人，我覺得，彷彿是為我一人開的演唱會，好感動。他連續唱完，回頭笑說，好冷，我去吃碗拉麵。我有種錯覺，以為他是尾崎豐，長髮，黑皮衣，牛仔褲，和聲音。我說，今天我買了尾崎豐的專輯和書，送你。他說，謝謝。我說，幫你畫了一張素描耶，簽個名吧。他笑，簽下岩田倫明，還細心地用日文注音。然後，他走了，我也走了。沒留聯絡，因為，美好的一刻已經在心中了。背包裡的畫，回台灣後裱起來，很棒的記憶，雖然也許別人不一定了解，對我已經夠了。」

月青端詳畫框內的細節，手指因為緊緊抓著畫框的外緣而泛白。

「對了，我是這樣道別的：我們都要努力喔，他說，嗨，一定會。然後我們用日文說，先這樣。」當一個人洋溢幸福感，他的表情十分平和。並不激動也不歡愉，只是平靜。

「我的相機呢？」月青這個掃興的人只問一句。

他抿嘴，「啊，相機。」

「對啊，相機。」

「沒了。」

「你掉了？」

「不是。」

「你賣掉了？」

「我送人了。」

月青翻白眼。她氣到不想問他送給誰。

他自己倒是想講，「隔天白日，我在新宿歌舞伎町遊蕩，碰到一名中國來的男孩子，他去日本留學，想學平面設計，為了賺生活費在外打工，在歌舞伎町酒家門口發傳單、拉客。酒店老闆是台灣移民，店裡很多年輕女孩子跟他一樣從中國來的，大家相處起來很輕鬆，自成一個生活圈子，他感覺很舒服自在，後來乾脆就不唸書了，全職在那裡上班，幫忙跑腿、各式雜活。我經過時，他正站在門口跟店裡的女孩子說中文，我聽見了就問他，你說中文啊，就這麼聊起來了。他雖然不做設計了，仍對我揹在身上的相機很感興趣，東問西問，問了好多問題。我看他那麼喜歡，鼓勵他也去買一台，他搖搖頭，說他沒錢。東京生活費很高。我轉念一想，就拿給他了。妳應該看他歡天喜地的模樣，一臉不可置信。」

月青同樣一臉不可置信，瞪著湯姆。

湯姆只是哈哈大笑，樂不可支。

「你問過我了嗎？」她手指自己胸口，說「我」這個字時聲音拔尖，都破音了。湯姆覺得月青超好笑，像漫畫角色，眼睛瞪得超大，幾乎可清晰看見瞳孔的內紋，嘴型波浪變形，半空有驚嘆號飛過，烏鴉發出呀呀的叫聲。

如果妳在場，我很確信妳自己也會送給他的。」他眼神溫柔。

「他帥嗎？」

「他很帥。」

「他帥，也不關我事。」

他用手輕輕推月青，「好啦好啦，妳不要那麼中產階級戀物癖啦。」

「我的薪水還不夠當中產階級。」

「說真的，妳做了件好事。在東京，有個男孩子因為得到妳的相機而覺得快樂。」

月青呵一聲，翻白眼翻到自己都要吐了。

她不提那部紀錄片，湯姆也不講。他們依然不討論眼前的現實。某種程度，她和湯姆的母親一樣鴕鳥心態，以為只要把頭埋進沙地，不抬頭直視現實，日子就會照舊，四季自然替換，人這頭生物將繼續活著，活到不能活為止。世間許多慢性症，像糖尿病、高血壓、癌症，現代醫藥不斷革新以延續他們的壽命，只要湯姆按部就班接受療程，他就會留在她們身邊。她沒想過湯姆身體辛不辛苦、心理難不難受，她覺得自己需要他留在她的生命裡。即使海風日日夜夜從不歇息，呼呼吹走他們的未來，吹進遙遠的海洋，他們仍可以一起坐在那片星空下的海灘，眺望他們以為是無盡的宇宙。

他們說再見時，湯姆用日文說，「先這樣。」

她和小美去吃胡椒蝦。高架橋下的熱炒店，每張圓桌事先包了好幾層透明薄塑膠布，每翻一次桌，店家就揭走一張塑膠布，把所有食客留在桌上的大量蝦殼、用過的衛生紙、免洗餐具等等垃圾，直接裹成一大包垃圾，丟棄。不洗也不用清，店家用不環保的方式招呼絡繹不絕的客人。小美頂著一張絕世容顏，簡單T恤加黑色牛仔褲，掩不住出塵的氣質，以及婀娜多姿的身材。仙女下凡，塞在他們一群凡夫俗子之中，津津有味吸著蝦殼，月青覺得不可思議。

小美店裡近來有個常客，小美覺得他很特別，但不知道怎麼形容，「瘦瘦的，不是太高，但不矮，戴眼鏡，斯斯文文，聲音很有磁性，眼睛很有靈魂。」

「很有靈魂？」月青笑了。

小美仍在找詞形容，「就是看起來很聰明，感覺讀過很多書。對了，讀書人，他是個讀書人。」

「妳十九世紀的人啊？」

「什麼？」

「誰還用讀書人這個詞？」

「你們唸過書，不覺得什麼。我可是沒機會上大學。」

「妳上了大學就知道裡頭也一堆豬。」

「但他不是豬。他喝酒臉就紅，偶而一兩次喝醉，但他從來不碰我們女孩子。有些客人會借酒裝瘋，鬧起酒來就摸這裡摸那裡，上次有個客人說他醉了，想把手插進我的兩腿之間，妳看過不過分。但他不會，他很尊重我們。」

「那他去幹嘛？」月青面無表情。

「他有點像旅行團領隊，帶隊大家去遊山玩水，但自己不玩。其他男人跟小姐在猜拳脫衣，他一臉不自在，拼命擺出我是因為工作需要才坐在這裡的喔、千萬不要拖我下水的表情。氣氛越瘋，他越竭力保持局外人的樣子，超級尷尬。我擔心他會不會憋出病來，就跟他聊天，哇，他講話很有意思啊，對社會很有觀察，充滿熱情，他講什麼階級不平等、社會公義的重要性啊，一堆外國人名字，我都聽不懂，但我看他的眼睛，那對眼睛啊……」

「很有靈魂。」月青不無嘲諷，小美認真點頭。

「他是一個有理想的人。」小美喝口啤酒，「我沒問過他名字，只聽旁邊的人叫他鄭特助。前天我去弄頭髮，燙頭髮要等很久，翻雜誌殺時間，突然翻到他的照片，原來他叫鄭立文，他現在市政府做事，市長的有力幫手。」

月青明瞭了男人的身分，「喔。」

「妳認識他？」

「大學時代的學長。不熟。」

小美重捶她的肩膀，「妳雜誌可別寫出去，誰都不能講。」

「我要寫什麼？他上酒家不摸女人？他眼睛很有靈魂？他是讀書人？」

小美又捶她，「妳別欺負他。」

月青斜眼小美，「妳喜歡他？」

小美臉紅紅地，「妳別亂講。」

「他喜歡妳嗎？」

小美乾脆一掌拍上月青的後背，月青哎喲了一聲，「會痛耶。」

「哎，我是誰，他又是誰，不同國的，怎麼可能？」

「依我來看，政客跟酒家女才同一國，都得精通逢場作戲。」

小美紅到耳根，換話題提另一個客人，大腹便便的闊嘴王總要去上海開分公司，想找台灣人當英文祕書。

月青想都沒想，直接冒一句：「我去。」

小美愣住，「去上海喔。」

「可以呀。」

小美不知道該說什麼。她不明白月青為什麼要放棄在台北當雜誌主編，去上海這麼陌生的城市當英文祕書。上海不是舊金山也不是大阪，冷戰期間，兩岸禁止任何流通，他們這一代台灣人都不熟悉，這個地名只存在他們的歷史課本和張愛玲的小說裡，跟國民黨抗日史混在一起，比倫敦或紐約離他們的日常更遠，要經過時光隧道才能抵達。上海究竟是怎樣的一座城市，小美沒有丁點頭緒。更何況王總一點也不有趣，好色，霸氣，喜好吹牛，精明但不聰明，雖然常打高爾夫球，卻挺著大肚腩。每次來酒家，只叫便宜酒，小費吝嗇，雖然不會亂摸小姐，但嘴上豆腐沒少吃一塊，講些自以為風趣的黃色笑話。

「妳不問一下他做什麼生意？」

月青聳聳肩，「有差嗎？我這種人到哪裡都是賺薪水。」

小美介紹，月青於是去了上海，為王總做事。王總屬於典型中小企業台商，專門承包音響燈光工程，兼作裝潢生意，近年開發中國市場，嚐到甜頭，打出自創品牌，舉家移居上海，在虹口置產獨棟三層樓洋房，兩個小孩就讀國際學校，拿英文當母語使，家裡請了兩名阿姨幫傭，一個年長的上海阿姨當保姆，負責照顧孩子，一個年輕的安徽阿姨跟他們住，成為二十四小時的家管，煮飯洗衣打掃等全部家務。王總妻子也有自己的中國夢，想要開連鎖美膚沙龍，賺全中國女人的錢。月青他們公司共二十六個人，大多來自江南各地的當地雇員，有三名台灣員工，除了月青之外，一個深度近視的彰化人叫阿財，雖然瘦小不起眼，再重的音響箱子，他一個人都扛得起，負責架設音響工程，另一個私人特助叫婷婷，在台北跟了王總八年。婷婷年紀略大，月青喊她名字時加一個「姐」，其他同事覺得好笑，因為月青外表嚴肅，說話簡短，總是一身黑，老氣橫秋，而婷婷妝容精緻，喜歡穿顏色，成天蹦蹦跳跳，宛如大學生般活潑可愛。

月青一去就很忙，王總重用當地人，誇讚他們多麼優秀，肯吃苦，有幹勁，悲嘆台灣年輕人相比之下太過嬌貴且不求上進、缺乏競爭力，卻付當地人微薄薪資，而且只信任台灣人。他們三名台籍員工像燒餅上的白芝麻，數量少，卻很顯眼。婷婷負責執行王總所有的大小指示，包括他家人的日常需求，月青當起一個真正的英文祕書，處理國際訂單及關稅，每天收寫國際電郵，向王總和婷婷報告，而所有訂單的實體執行工作則落在阿財身上。月青後來也才發現，王總並不是活得很那麼輕鬆優雅。王總大多單槍匹馬出去談生意，碰上大一點的訂單，他才會帶上阿財。她目睹幾次王總捲起袖子，彎下腰，蹲下去，扛起沉重的箱子，額頭滲汗，頸爆青筋，和阿財一起送貨。有次王總在華山路的私廚餐廳吃飯，王太太要她送藥去給王總，「他胃又疼了，叫他少喝點酒。」私廚餐廳有三層樓高，每層面積都不大，擺四張圓桌，每張桌子坐四到六個人，王總他們坐在三樓，三個男人夾坐兩個女人，打鬧調笑，氣氛曖昧，很像一群青少年在互相試探荷爾蒙的濃度。

笑臉盈盈的濃妝女子，大冷天穿細肩帶洋裝，露出白皙的玉肩，假意拍打王總的胸膛，「哎，王總真幽默，你們台灣人都這麼說話的呀？」

王總回答，「不，我不是台灣人，我是河南人。」

女子愣了一下，「怎麼說？」

王總指指自己上挑的眼角、寬顴骨，因為咧嘴微笑，一張闊嘴顯得更寬了，彷彿金魚正在呼吸的嘴唇，「妳看，這不就是兵馬俑的長相嗎？」

滿桌人哄堂大笑。月青把藥拿給王總，將王太太的話帶到，輕聲道歉，微微彎腰致意，便離開了。

她叫自己不要想太多，像台機器一樣運作，吃飯、工作、睡覺，一整年過去，她喪失了購物的慾望，也不想旅行，週末頂多在家附近散步，找間咖啡店，看書翻雜誌，買盜版碟片，窩在家裡看劇。好像在等待著什麼，但她自己知道她其實什麼也不期待，她只是在過日子。

夏天她回台北休假，九月初回上海，暑熱未散，街頭仍有餘溫，人群熙攘，日子照常。晚間，她周圍的圈子忽然騷動，有一顆石子丟進了池塘，漣漪擴散，幾乎她在上海認識的每個人都著急了，滿城尋找任何一台裝有美國新聞頻道的電視機。她正走路回家，半途接到王總電話，叫月青去一處淮海中路的新建住宅。她到了之後，抬頭仰望香港人蓋的兩棟大樓，在一片低矮的舊樓和梧桐樹之中異軍突起，鋼筋加玻璃，就像紐約典型的摩天大樓。她到第二棟十四樓的公寓，按電鈴後，有人幫她開門。不知主人是誰，客廳已擠滿了人，大多人一眼看上去就像外地人，為了工作來到上海，此時所有的眼睛緊緊盯著客廳中間那台電視機，各個臉色凝重，眼神困惑，好像在看一部前衛的藝術片，內容過度驚世駭俗，大家都看不懂卻不敢講。她在人堆之中找到了王總和他的太太，以及婷婷，他們三人擠坐在同一張單人沙發，王總坐中間，兩個女人各坐兩邊的扶手上。新聞畫面不斷重複，飛機先後飛進紐約世貿雙塔，先是北棟轟然倒塌，掀起漫天塵霧，接著另一架飛機飛進南棟，徹底改變了紐約的天際線。公寓不斷門鈴響，持續有人擠進來，卻無人開口，肅然無聲中，靜靜觀看那些一直重播的影像。這就是所謂的歷史事件吧，就像一九八九年柏林圍牆倒了，大家心裡似乎明白所處的時代來到一個轉折點，卻不真正明白其中所代表的意義，會以何種形式進入個人的日常軌道，影響自己的命運。

隔天她回去上班。幾名同事在微笑，彷彿什麼喜事發生。有個湖南來的男孩子叫劉剛，拿著一杯熱茶，經過她的桌子，敲敲桌面，引她抬頭。他笑嘻嘻地問，紐約雙塔倒了感覺如何。察覺瞬間許多雙眼睛都朝她的方向瞧，她遲疑，像頭動物，憑原始本能，嗅到前方有個無形的陷阱等著她。他再三催促下，月青終究還是回答，很不幸啊，人道的災難啊，死了那麼多人，無論如何那還是著名的全球地標，多少人在裡頭工作，又多少人每分每秒在下頭地鐵接駁流動，對全世界的人來說，無論什麼國籍種族，驚嚇感應該都不小吧。那個男孩子是技術部門的小主管，帶著兩名同事，在阿財手下做事，人很聰明勤奮，二十四歲，已經結婚，新生兒七個月大。他鏡片後的眼睛跳耀著光芒，彷彿小小火炬在燃燒，「是是是，很驚嚇，但是，妳不興奮嗎？資本主義的高塔倒了，妳不會想拍手叫好嗎？」

月青默然看著他，不知如何回應。每逢關鍵時刻她不知道該如何機敏回話的毛病又發作了，她很想逃離，卻只是呆呆坐在自己的辦公桌。旁邊有個蘇州來的女孩，推了推劉剛，「你快工作，別打混。」

劉剛仍不死心，「發表一下感想吧？」

「月青說得沒錯，任何人類災難都可怕。」她死命推著劉剛離開，善意朝月青笑了笑。劉剛這隻公雞終於搖擺尾巴的彩色羽毛，回到自己的座位。

這就是兩個世界觀的意思吧。平行宇宙確實可能存在著。在對方眼裡，她這個台灣人應該只是一條美帝資本主義的走狗吧。她低調工作，緘口不談辦公室以外的事。這算不算自我審查，她思忖，我在害怕什麼。她有點困惑自己的處境，很像收到一張邀請函去參加跨年派對，滿屋子主人的親朋好友，但她卻一個人也不認識，她很想聽懂四方在談論的話題，卻發現自己怎麼也插不上話，漫漫長夜，不知道該如何自處的她只能客氣地微笑，保持禮貌，卻揮不去自己似乎闖錯宴會的驚慌感。

到了下一個秋天，葉子全落到了地上，路樹光禿禿，她越來越像一頭熊，只剩下躲起來冬眠的簡單慾望，幾乎沒有社交活動。經過上海地鐵陝西南路站，發現地下一家占地廣大的書店，她趨前靠門口的一張平桌，上面擺滿店家想要介紹的書籍，她順手抄起一本詩集，那一首詩跳入她的瞳孔，「從明天起，做一個幸福的人」。

十二月冷冬，一個普通的星期二，夜半接到湯姆的電話。她躺在床上，腦子一時無法運轉，乍聽到他的聲音，不知道自己身在何處。

過了幾秒，她清醒過來，「你怎麼會有我的電話？」

「嘻嘻。」

「我現在上海工作。」真笨的問題，他不就是打上海手機號碼嗎。

「我知道。」

「我來一年多了。你怎麼有我的電話？」她再問一次。

「我媽媽昨晚死了。」他丟下炸彈。

月青震驚，「那你爸呢？」

「他上個月走了。這個月換媽媽。」

月青無法言語，久久擠出一聲：「啊。」

「大家都哭了。」

「你呢？」

「我哭什麼呢？」他淡淡地說，講得自己很沒有資格哀傷。

「那你幹嘛呢？」

「我打電話給妳。」

有一隻手緊緊攫著月青的心，她問：「你在哪裡？」

「我在阿姨家。我一人住樓上，他們一家人住樓下。」

「阿姨家在哪裡？」

「嘉義。」

「你回嘉義了？」

「一陣子了。」

「研究所呢？」

「妳現在才問，是不是有點太晚？」
月青坐在床沿。上海的冬季沒有暖氣，溼冷的寒氣鑽進骨子裡。她感到羞愧。
「那你弟弟呢？我記得你有個弟弟。」
「嗯。」
「住哪裡？」
「嘉義。」月青差點要問為什麼不跟弟弟住，湯姆似乎猜到她心思，接著說，
「他結婚了，剛生第一個孩子。我媽死前的心願，我跟阿姨住。」
月青抬頭看窗外，上海的冬月，冷清清，哀戚戚，宛如收納了塵世所有的蒼涼。
「我去看你。」
「妳在上海。」
「我請假回去。」她又問一次，「你怎麼會有我的電話號碼？」

「嘻嘻。」電話另一端，他淘氣地笑，好像惡作劇的孩子得意自己的傑作。

他沒說再見，直接掛掉。

隔天早上，經過菜市場去上班，沿途上海話，各種在地食材的氣味，類似的臉孔、不同的表情，她以為她很熟悉但其實很陌生的城市，給她一個錯覺，以為自己活在遙遠的夢境，一切都顯得不真實，包括昨夜那通電話。

週四晚上，湯姆又打來。她同樣因為白天工作的疲勞，加上凜冬的寒冷，睡得深沉，接電話時神智不清。

「妳又在睡覺。」

「現在是睡覺時間。」

「才兩點。」

「已經兩點了。」她清醒了，「你在哪裡？」

「阿姨家。」他的回答，使兩天前的對話變得真實。

悲傷如潮水四面八方而來，立即淹沒了月青。她問，「你還好嗎？」

「還好。」

「我去嘉義找你。」

「我比較想上台北。」

「那我們就在台北見。我幫你找旅館，或你可以住我台北爸媽家。」

「我想去吃沙茶羊肉。」

「哪一家？」

他們一如往常討論些芝麻小事。月青鼻音很重，偶而停頓。

「妳別哭吧。」他聲音低沉平穩，彷彿月青才是遭遇家變的人，而他必須肩負起安撫她的責任。

「我沒有。」她否認。

夜很孤寂，他聲音輕，「周圍所有人真正想說而不敢說，我才是應該死掉的那個人。」

「你千萬不要這麼想。」

「我不能說我不同意，而我也不是沒有試過。只能說，媽媽一直希望我活下去，雖然已不是以她和爸爸希望的形式，但，只要我仍存在於這個世上，即使已是昔日殘留下來、那個不完整的我，依然帶給他們一絲無以名狀的安慰。或許天底下的父母都一樣，當孩子已是一盆枯萎的花，他們拼命自責，以為只要自己認真，努力做個負責的園丁，按時澆水，細心呵護，這盆花就會依循生命的原理，下個春季來臨時，重新挺直莖幹，舒展枝葉，經太陽照射、雨露滋潤，將再度迎來他的花期。我之前覺得自己應該活著，無論以何種生命的形態，因為我不希望他們覺得自己是失職的園丁。雖然我的狀況，跟他們一點關係都沒有。現在他們死了，」他小小聲地說，好像在告白一個不可告人的祕密，「我覺得，我還想活下去。」

月青熱淚盈眶，兇巴巴吼，「那你就活著。一定要活下去。」

電話另一端似乎有其他人聲出現，聽不清楚說了什麼話，湯姆回應來人，好啦好啦，隨即掛斷。

接下來兩個月，湯姆都沒有來電。

上海四處在蓋高樓，訂單越來越多，王總的生意越做越大，手錶越換越貴，每晚都換不同女人，其中有一個蘇州來的女子，白膚如玉，手腳細緻，說話嬌聲細語，眉目之間總是有點淡淡哀愁，王總似乎上了心。夫妻兩人開始爭吵，妻子威脅要帶孩子回台北，他似乎也不介意獨自留在上海。月青白天的工作繁重，電話不停，尤其電子郵件耗掉她大部分時間。若她有一點點文學野心，大概都用在撰寫這些郵件內容上。她忽然領悟語文訓練的用處，無非用來理解對方以及表達自己，即人類與人類之間的溝通。即使中國和台灣使用相同的語言，王總和她來自相同的台北，彼此並不真正理解。每個人都活在自己的國度，每個人對另一個人來說皆是必須跋涉千山萬水才能抵達的異國風景。

梧桐樹開始發嫩芽，上海街道晨霧瀰漫，中午太陽高照時，路人會脫掉身上的厚大衣，掛在手臂上走路。王總開始分住兩地，因為外面的女人懷孕了，他在徐家匯買了間現代公寓安置她。週間，月青把公文送去徐家匯，週末送去虹橋區。

半夜手機響，月青立刻跳起來接聽。

湯姆說話的方式依然就像他們昨天才在巷口一起喝咖啡，中間完全沒有斷聯。

「大一排戲，四處借不到歐式服裝，只好去婚紗店，穿那種低胸晚禮服。妳去試裝那天，他們回來跟我說，妳身材太瘦，不夠豐滿，撐不起來。」湯姆呵呵笑。

「對啊。」

「後來定裝那件水藍色，妳穿起來很美。」

「謝謝。」

「教大一英文的李教授不相信我們會懂王爾德，一直等到我們演出，他到後台來恭喜我。」他興高采烈。

「我都不知道他有來看戲。」

「妳忘了他請妳們一群女孩子去他家喝茶。」

「喔，對。」

「有機會我想去巴黎看王爾德的墓。」

「王爾德葬在巴黎？」

「他後來身敗名裂，回不了倫敦，留在巴黎，窮困潦倒，利用他僅存的一點文名，到處討酒喝。我倒覺得他死在巴黎，適得其所。聽說他在巴黎墓園的墓碑蓋滿了世界各地遊客的唇印，是不是很浪漫。」

「我也想去。我們一起去。」她迫不及待地說，好像他們明天一大早就會出發。

「我們都活在陰溝裡，但仍有人仰望星空。」他引述。

「嗯。」

「活著乃世上罕見，大部分人只是存在著。」又一句王爾德。
月青沒有接話。窗外的上海，雲霧遮蔽了月亮。
她小聲地問，「那，你覺得，所謂的『活著』是什麼意思？」
「妳為什麼問？」
「因為我覺得我現在不算活著。」
「對妳來說，怎麼樣才算活著？」
「我不知道。至少不是像現在這樣。」
「現在是怎樣？」
「工作賺錢吃飯睡覺，沒有了。」
「妳想要更多？」
「也不是。我其實不知道我要什麼。我只是想，這跟我們小時候所想像的人生不一樣。我們以為自己會跟自己的父母不一樣，我們會去很多地方，認識很多人，做一些自己覺得驕傲的事。而今我們已經活進我們當初嚮往的未來，結果我們跟自己父母差不多，工作賺錢吃飯睡覺，這就是活著的意思嗎？」

「對我來說，簡單很多。我每天睜開眼，我就算活著。」

月青羞慚，小聲地道歉，「對不起。」

「妳幹嘛對不起啦。」他笑，「我生病之後，我的身體變成另一個人，他是獨立的個體，不受我意志的控制，我只得學習跟他相處。每一天都是角力的過程，每一天都是協商的結果。我遷就他，照他意思，他就會放過我，容忍我，讓我做我想做的事，否則他會懲罰我，凌虐我，我就什麼事都做不了，連一部電影都看不完。一天一天過去，我所做的一切，吃喝拉撒睡，包括整理我的思想與情感，都是為了活著。活著，對我來說，就是繼續保有想像力。只要我擁有我的想像力，我就還沒有死。而且，我們並不知道我們父母那一輩經歷了什麼，他們覺得自己算不算活著。也許他們對生命也有他們的執念。我只希望我父母活著的時候，覺得自己確實好好活過了。」他停下，問她，「妳要寫的小說呢？妳在等什麼？」

「我不知道。」

他笑出聲，「不要等了。」

「我知道。」

「果陀不會來。」

「我知道。」

掛電話時，他說日文，「先這樣。」

「先這樣。」

隔日半夜，他又打來。

「我想妳讀我的小說。」他的語氣神祕，好像他準備了什麼巨大驚喜給她。

「好。」

隔天電子郵箱裡躺了一封湯姆寄來的信。他沒換地址，月青羞慚更深，其實失聯的人是她。一直都是她。

她打開檔案，所謂的小說只有一頁長，大約九百字。他用第三人稱，寫一個人的生平，平鋪直敘，像是履歷表的自傳，他出生嘉義，從小功課優異，考上國立大學，上台北讀書，發現社會的真相，處處不公不義，沒有民主選舉，連國家憲法都需要改革，本來喜愛電影藝術的他開始積極參加社會運動，搞到大學差點畢不了業，但他沒有時間規畫自己的人生，因為他在準備這個國家的未來。

月青沒有回信。他們之間，不講廢話。她的沉默，依以往的經驗，湯姆明白是一種優雅，但這次他不肯放過月青。他半夜去電。

「妳不喜歡我的小說？」

「太短了，故事根本還沒鋪陳開來。」

「妳可以告訴我啊。」

「那你就寫長一點。」

「短有短的簡練。」

「你晚上都不睡覺？」月青聲音混濁，醒不過來。

「他們不讓我打電話。」湯姆無奈。

「他們？」

「阿姨他們。長途電話很貴。」

「我可以打給你。把號碼給我。」月青掙扎要起床，想找紙筆寫下他的號碼。電話另一邊，傳來開門聲，湯姆無奈對來人說，好啦好啦，突兀斷線。

月青準時去上班，一向提早到的王總沒來。同事不像以往各自坐在自己座位工作，全部站在一起，滿臉驚恐在討論。婷婷看見她，小個子馬上飛奔過來：「王總他們昨晚全家被殺了。」

「什麼？」月青沒聽懂。

「滅門。」婷婷聲音很小，好像在講某種駭人的禁忌，不想其他人聽見。她雙眼佈滿血絲，似乎剛才用力哭過、用手拼命揉因此揉壞了。

還不知道事件的全貌，阿財還在派出所協助辦案，婷婷渾身顫抖、鼻音很重地說，只知道昨晚有一群人進入王總家，當時王總全家都在床上睡覺，歹徒的動機似乎就是劫財，王總收藏的昂貴名錶、王太太的翡翠珠寶全部一掃而空，但不知道為何要殺人，連孩子都不放過。家住上海的幫傭阿姨早上想去接孩子上學時，發現案發現場，趕緊報了案。公安正在王家偵查。住在王家幫傭的二十二歲安徽阿姨人不見了，她的東西都沒收，散落房裡，不知是倉皇逃走還是遭人擄走，公安一時無法判斷她算是通緝逃犯還是失蹤人口。

「至於嗎？」月青喃喃自語。她的大腦無法處理這麼可怕的資訊。她明白劫財，不明白殺戮。她想像，昨天還在為了晚餐內容爭執的一家人，而今全成了渾身是血的冰冷屍體，熱淚汩汩奪眶而出。

「我要回家。」婷婷情緒瀕臨崩潰，她神經質拉扯月青的袖子，很想鑽進月青的懷裡尋求保護。

「先等阿財回來。」月青擦乾自己的眼淚。

「不用，我們直接去機場，補位也要今天回家。」

她試圖讓婷婷冷靜，「我看一下怎麼安排。」

一整天亂糟糟，阿財回來公司，公安也跟著來了。大家無心工作，員工揪著婷婷討論工資問題，如果是公司解散了，責任不在員工，遣散費應該怎麼算，但婷婷宛如魂魄飛散，雙眼無神無光，根本不知道自己身在何處。有幾名同事怕極了，沒打招呼就悄悄離開辦公室，也不知道以後還會不會回來。

阿財會留在上海接手公司，月青和婷婷兩人訂了一週後的班機回台灣。配合公安調查，打包行李，各類拉拉雜雜，都需要一點時間。但婷婷不敢回自己的住處。月青先陪她回去收拾東西，再帶她回來自己的公寓。她自己也開始整理東西，出乎她意料，竟然兩個行李箱都裝不滿。她在上海住了三年，工作單調，生活貧乏，沒什麼花費，也交不到朋友，內心深處是否一直知道自己其實扎不了根。整整一週，像鬼魂一樣走在即將離開的城市裡，虛無飄渺，好似踩在夢裡。

上飛機前的最後一晚，湯姆來電，吵醒了她，她翻身拿手機。婷婷就在旁邊，像小女孩屈膝抱小腿靠床頭坐著，十根指頭輪流咬，像隻高度警備的貓弓著背，眼神瘋狂，顯然腦子正狂風暴雨大作。案發之後，婷婷精神始終緊繃著，已經連續幾個晚上都不敢也不能入睡。月青有點後悔沒當天就將她送上飛機，自己留下來和阿財一起處理後續。

「喂。」她翻睡回自己這一邊，耳朵貼著手機，閉著眼聽湯姆說話。

「他們來跟我說，妳去婚紗店試戲服時，根本挑不到衣服。大家都很傷腦筋。妳太瘦了。」他在笑。

「嗯。」她覺得好累。腦袋像石塊一樣沉重，抬不動。

「後來那件水藍色禮服很適合妳，蓬蓬的公主袖正好適合妳的細手臂。」

「湯姆……」月青喊他的名字。

湯姆自顧自說下去，「大一英文的老師本來懷疑我是否有能力導王爾德的戲，等我們演完，他到後台來恭喜我。他說，我完全抓到王爾德的幽默精髓。」

「湯姆，聽著，我這邊出事了，明天回台北。」

「我為妳跳過樓。」他突然提那件事。

「湯姆。」

「妳嚇死了，帶我去醫院。」

「辜榮堂。」她喊他全名。

「真是奇怪，妳居然不知道我喜歡妳。全世界都看出來了，只有妳渾然不覺。說來妳不怎麼聰明。」

她聽見自己兇猛打斷他：「湯姆，聽我說，我們早就不是大一了。我們已經畢業很久了。我們三十多歲了，根據村上春樹的說法，如果人類平均年齡是七十歲，而人生是一座游泳池，我們現在已經游完一半，接下來只是往回游。」

湯姆靜默。

悔恨像蜘蛛緩慢爬上月青的心頭。

良久。

他低語，「妳不好玩了。」

另一端傳來斷線的嘟嘟聲。

「怎麼了？」背後傳來婷婷怯怯的問句。

月青轉頭看她，才發現自己講話過於激動，整個人從床上坐了起來。她搖搖頭，沒事，要婷婷躺下來，無論如何試著睡點。

婷婷乖乖躺下，面對她，閉上眼。月青輕拍她手臂，哄她入睡。

她想哭，但她知道自己根本哭不出來。

那是他們最後一次對話。

第三章

留下來的人

月青回到台北，流轉於不同工作之間好幾年。沒在關鍵年紀拿到證照，她沒法去學校教書，也沒資格進公務機關，對民間公司來說，她半新不舊，不像社會新鮮人那麼便宜好用，又不具主管的資歷，不知道該把她往哪裡放。她想要應徵新媒體工作，當網站編輯，對方嫌她年紀太大，不夠靈活。她試著從事翻譯，書籍、電影字幕、節目單等都接，但出版界萎縮，她收入不夠，只能一直窩在父母家。

小美看不下去，幫忙介紹她的另一個客人，趙董，做古董生意。趙董表面上典型紈綺子弟，個性慵懶，不勤快做生意，但其實做得風生水起，遊走政商名流之間，將人際網絡和古物精準對價。他開在仁愛路三段的藝廊，空間大，展示十件不到的古董，冷氣總是過強，冷冷清清，除了偶而誤闖的觀光客，鮮少客人上門。月青每天上午十一點去開門，坐到下午五點，接電話和等候老闆的指示。趙董很少進來，他若有事，通常會把月青叫出去，到新生南路上的老樹咖啡廳，點給她一杯澆了鮮奶油的招牌咖啡，她邊喝那杯香甜濃膩的咖啡，邊聽老闆的業務指示，像是送這袋合約去民生社區這個地址或送這個包裹去大直的某棟豪宅。趙董個頭不高，精瘦，有點像廣東人，一雙多情的眼睛，笑起來時帶點港星梁朝偉的味道。他來歷不明，身世成謎，說話微有口音，但是極輕，因此很難分辨是廣東腔還是福州腔，也說不定是滇緬一帶的僑民。他手上沒有婚戒，常有女人打電話給他，卻不知道是不是同一個。他接起電話時聲音總是充滿耐心，好像對他來說此時此刻世上沒有比電話另一端更寶貝的人了。

他對月青算很客氣，交代的事情也不難，基本上就是把她當快遞，次數並不頻繁，一週頂多三、四次，範圍從來沒超出台北市。她猜，那些小包裹裡面都是價值不斐的古董，但，轉念一想，又覺得這麼貴重的東西，叫她一個普通員工搭大眾交通工具去送達，未免太不安全，根本不可能。關於這些她必須全台北市送達的物件，趙董從不解釋內容。她曾經想要問，想想，又算了。不用一直待在冷氣過強的藝廊裡，可以出門搭公車逛台北市，她沒有怨言。

全台北市她似乎只有小美這個朋友。她對朋友的定義很窄，就是臨時下午五點聯繫、要晚上七點見面，對方只問在哪裡見面，完全不問要幹嘛，晚上七點就會準時在約定地點出現。但小美跟她不一樣，人緣極好，朋友多、邀約多，還要學瑜珈、護膚、按摩，滿足她母親全部不合理的需求，弟弟和弟媳不工作卻生了兩個孩子，所以也要靠她照顧。但小美收入不如以往，畢竟不年輕了，不再是紅牌，她升格成管理階層，照顧其他姊妹，她們大小公事私事都找她傾訴、商量，她是大家的大姊姊，她因此更忙了。但她總是為月青擠出時間。她喜歡讀書人，她說。她的歐洲名牌編織皮包裡永遠有一本書，夾在化妝包、藥包、各類鑰匙、手機之間。月青有次拿過來翻閱，那是英國歷史學家艾瑞克．霍布斯邦的《資本的年代》。

小美神色不安，羞紅了臉，「哎，有人介紹我讀這本書。我剛開始讀。」

月青把書還給她，「這本書確實不錯。」

他們坐在東區粉圓店，兩人面前各一碗五顏六色的甜湯，黃粉粿、黑粉圓、紫芋圓、白薏仁、紅豆、綠豆，還有紅白夾雜的小湯圓和長粉條，離小美上班還有一段時間，他們慢慢吃著，午後的時光總是特別悠閒，好像是偷來的人生。

突然，月青僵硬，只有眼珠子動，盯著剛剛經過店門口的一家三口，尾隨他們穿出騎樓，橫過馬路，走到對面巷子的一輛日產車。男人戴眼鏡，額頭髮線很高，已經微禿，穿卡其綠短褲和白色馬球衫，名牌球鞋，女人長髮，用髮夾固定公主頭，穿日系碎花洋裝，露趾涼鞋，臉色溫婉，顯然是那個小孩的母親，正在催他快點上車，並把一袋裝滿孩子上學用品的運動袋拿給男人，叫他放進後車廂，自己隨即拉開車門，坐進副駕駛座。男人從車後繞過來時，面朝粉圓店，月青本能略微縮了縮身子，似乎要躲到小美身後，但轉念一想，那麼遠，男人不一定看得見她，看見了也未必認得她。她都不知道自己變成什麼鬼樣。進車子之前，男人點了一根菸，靠著車身，呼出白色煙霧。

「還在抽菸啊。」月青喃喃自語。

小美敏感地問，「那是誰？」

頓了兩秒，月青說，「我大學的男朋友。」

「哇，長得不錯啊。怎麼分手了？」

「我唸完書回來後主動提的。」

「妳不愛他嗎？」

「愛啊。」

「不夠愛？」

「很深。」

「那為什麼？」

「因為我不能給他。」

「給他什麼？」

「這個。」月青舉右手，用食指，半空畫一個無形的方框，正好把面前一家三口框成一張全家福。小美瞇起眼。兩人靜靜看著那幅活動的畫。

「我不是那塊料。」

「我恐怕也不是。」小美笑。

月青說，「有人一出生就壞了，我就是。」

「我就算出生時沒壞，現在也壞了。」

男人抽完菸，彎腰將菸頭捻熄在柏油路面，並不亂丟菸蒂，手指捏著，帶進駕駛座。妻子在說話，看起來約莫七、八歲的小孩從後座伸出身子，插在駕駛座和副駕駛座之間，表情撒嬌，也在嘰嘰喳喳，雖然聽不見，但可以想像聲音童稚可愛，融化人心。

「他們看起來很幸福。」

「看起來。」小美說，「我有很多客人，在外面碰見了，也一副家庭美滿的模樣。妳永遠不知道別人家的草地為什麼這麼綠，有時候，也許是噴漆的緣故。」

男人發動車子，轉動駕駛盤的動作十分流暢，說不出有多瀟灑，月青讚賞，

「一直這麼帥氣。」

「不後悔？」

「沒得後悔。」

她跟小美回家。父母退休後他們全家搬去淡水，有時，她想留在城裡，她就窩在小美家。小美剛剛還清父親的債，又在母親的催促下，貸款買了一間永和的公寓給弟弟全家，幾乎沒剩多少錢，為了節省每月開支，於是換了一間二十幾坪小公寓，在延吉街上，靠近市民大道。樓下就是夜市，吃飯也方便。小美搬進去已經一陣子，公寓還是光禿禿，冰箱空空如也。小美晚上去工作，月青留在她家，順手幫忙整理，東摸摸西摸摸，調整傢俱的方位，去廉價超市買蛋、咖啡、水果、速食麵、冷凍水餃和小美愛喝的日本養樂多，將冰箱塞滿食物，杯盤系統化擺整齊，所以打開櫃子時一目瞭然，要什麼會迅速取得。她從夜市順手買了一隻透明玻璃花瓶

和一把黃色雛菊，將瓶子裝水，插進雛菊，整間小客廳突然活了起來。她拉開沙發床，打開電視，轉到電影頻道，螢幕正在播放一部港星周星馳的舊片，她看過了不下十次，還是百看不厭。她躺在沙發床上，心不在焉聽著配了音的周星馳在油嘴滑舌，滑開手機，鄭立文的新聞已經鋪天蓋地了。

她在手機讀了一會，拿起電視遙控器，隨便轉一家新聞台，同樣也在報導鄭立文，經過三個月的偵查，檢方今天正式起訴鄭立文。台灣新聞媒體已經很久沒辦法正確報導任何事件的來龍去脈，記者只懂得拿麥克風死命追著新聞主角後頭跑，為了什麼目的，恐怕他們自己都忘了，但唯恐漏掉機會拍到對方的正面。新聞主角遲遲不出現時，他們就會等在建築物門口或街口，忍受日曬雨淋，任風吹雨打，對著鏡頭，用演舞台話劇的誇張口吻演繹新聞，用掉一堆虛字，言不及義。此時，記者站在夜黑的街頭，鏡頭往上，拍到安和路和仁愛路口的一棟大廈，暗示鄭立文就躲在家裡，不肯出來面對媒體。看了半小時，月青仍搞不清楚鄭立文究竟做了什麼讓他被起訴，總之，就是一筆政治爛帳，總統全家被起訴了，身為政治幕僚之一的鄭立文也扯了進去。他不是來喝酒，他是來喬事情，小美曾經這麼說。

台灣新聞的跑馬燈有催眠的作用，沒多久，她昏昏欲睡。突然，她驚醒，有鑰匙轉動的聲音。有人正要開門進來。

應該在電視和手機畫面上的鄭立文站在門口。鄭立文一臉驚愕，整個人獃住，一時不知道該進來還是離去。

月青倒沒那麼驚訝。為什麼她不吃驚此人有小美公寓的鑰匙。看清來人的身分之後，她離開沙發床，對他說，「進來吧。」

鄭立文沒有馬上動。

月青勸他，「進來吧，我看你也沒地方去。」

鄭立文思考兩秒，把頭一低，回身把門關上。他站在客廳與廚房之間，不知所措。月青穿過他，進去廚房，拉開小飯桌的椅子，指指，要他坐下。

「喝茶嗎？我剛剛幫小美買了普洱茶。」

「好。謝謝。」他的胃咕嚕了一聲。

「餓嗎？要吃點東西嗎？」

「不餓。」

「真的嗎？有速食麵，加個蛋，很快。」

他遲疑，無力地點點頭，「那好。謝謝。」

月青燒了水，打開速食麵袋，拿出方方正正的麵塊，下鍋，打個蛋。一下子，香氣四溢，滿室暖和。

鄭立文道謝，接過麵碗，唏哩呼嚕地吃，喝湯時整張臉都埋進碗裡。吃完之後，他依然沉默無語，整個人愣呆在空掉了的麵碗前，盯著碗底積剩的那點湯汁，好像湯汁藏了神祕的圖案，正好拿來算命。

月青把熱茶推到他面前。他又說謝謝，這才抬起臉，正視她。他看上去筋疲力盡，彷彿在山區迷路，走了七天七夜才好不容易走出茂密的森林，又像熬夜打了三天三夜的麻將，剛剛才下桌。不僅體力透支，而且腦力耗盡。

「妳好像不驚訝看見我？」

「小美在看本尼迪克特・安德森的《想像的共同體》，你要我相信是她自己找來看的書？」

鄭立文疲倦地笑了。

月青說，「那些是你的書。你不能給她好看一點的書嗎？像是《麥田捕手》、《安娜卡列妮娜》，還是《挪威的森林》之類的。」

「我只是想跟她分享我喜歡的書。而妳說的那些書，也是妳自己喜歡的。」

月青同意，「也是。」

兩人都沒開口。

月青說，「你並不驚訝看見我在這裡？你知道我是誰嗎？」

「小美常常提起妳。」

所以他不記得他們在大學時見過。不記得她是水吟的同班同學。

月青點點頭。

「但，我們更早以前見過。」他補一句。

啊。他記得。

然而，他說，「你知道湯姆的現況嗎？」

月青被提醒了，他和湯姆都是混學運的人。她搖搖頭，「很久沒聯繫了。」

「他回嘉義了。」

「我知道。」

「我上次去嘉義參加活動，特地去看他。他喝酒，而且只喝五加皮，就在嘉義市的街頭遊蕩，像個遊民。他模樣倒是沒什麼大變化，大約泡在酒精裡的緣故吧。我以為他會昏昏沉沉、說話顛三倒四之類，但他說話有條有理，氣質依然優雅。我們聊了一會兒，我解釋選戰給他聽時，他聽著，安靜抽菸，偶而微笑。唯一，他沒有以前那麼愛笑了，眼睛也不再因為有了什麼想法就突然綻光，好像有人往裡頭灑了一把星星。」

月青沉靜地聽。

「當年他和王治平同時參選學生會主席，傳出男九宿舍弊案，他們雙雙落選。找了我幫忙，但實在也查不出真相。湯姆很失望，我想，這件事打擊了他的信心。」

月青開口，「我想他不是那種會被這種事打擊的人。」

鄭立文聽出她防衛的語氣，瞧她一眼。

過一會兒，他說，「王治平去年走了。」

月青驚訝，「發生什麼事了？」

「這些年，他重度憂鬱，雖然服藥，情形仍時好時壞。有天傍晚，他跟妻子說，要出門散步，直到天亮都沒回家。後來他們在關渡橋下發現他，河流一路帶著他從三重去到淡水出海口。還有那個搞劇場的才子，當年我們上街頭的行動劇都是他弄的，他今年初在花蓮，從山崖上，跳下太平洋，好幾天之後屍體才被海水沖上岸。」

月青用手遮住張開的嘴。

「我們這一代人，都被時代掏空了吧。再沒有東西給了。」鄭立文頹喪，把頭埋進雙手之中。

夜市的人聲鼎沸，隔著窗戶玻璃，感覺來自遙遠的地方，很不真實。廚房沒有窗簾，街上的霓虹燈鑽進來，一閃一閃，滿屋子跳著彩色的舞。外面是另一個世界，熱鬧而快樂，他們兩人坐在這裡，無聲無息，與世隔絕。

「你很累了吧？」久久之後，月青問。

鄭立文抬起頭來，眼眸濕潤發紅，聲音彷彿被砂紙磨過般粗糙，「很累。」

「你打算怎麼辦？」

「不知道。」

「你太太怎麼說？」

「我要她在家等我。我需要一個人靜一靜。」

月青起身。

「妳要去哪裡？」

「我回家，讓你一個人待著。小美通常都要到清晨快五點才到家。」

「再陪我坐一下？」

月青看一眼他的狀態，坐回她的位子，從茶壺倒出顏色過濃的普洱茶。茶已經冷了，上面浮著一層薄油。

「妳喜歡現在的自己嗎？」

月青聳聳肩，「喜不喜歡，都已經是我了。只能接受。」

「那，妳以前想過今天會變成這個樣子嗎？」

月青笑了，「什麼樣子？魯蛇嗎？」

「這不是我的意思。抱歉。」

「那你想過你四十歲是這個樣子嗎？」她反問。

「沒有。我以為我會當學者，待在學院一輩子，寫書做研究。我沒想過我會從事政治工作，更沒想過會像今天一樣被起訴，當作貪瀆的壞人，這樣被人人喊打。」

「一個人不知不覺變得卑劣，究竟他生來卑劣，還是因為每個人都說他卑劣，他就成了一個卑劣的人。」

「什麼？」

「沒什麼。」月青仰望，沒有星星，只有霓虹光影還在白色天花板跳舞，「你覺得我們為什麼那麼在乎某些年齡的數字？我們老是說，喔，我三十歲了，我四十歲了，好像人生是一套電玩遊戲，限時闖關是唯一的遊戲規則。但那些數字並沒有什麼神奇魔法，可以像換桌布一樣瞬間換掉我們的舊人生。新或舊，我們都只有一個人生。四十，只是一個數字，介於三十九和四十一之間，就像三十四、四十三、五十八，都是一個數字而已。我喜歡我的三十八歲，不是因為我成就了什麼，而是那一年我活得平靜，無大事發生。或許，此時此刻，我們現在聊天的同時，湯姆正坐在嘉義街頭抽菸，獨飲五加皮，月影在街頭長長短短，車水人潮來來去去，生命像河流從他眼前汩汩流逝，他想的可能並不是他四十歲了，而是像我，只在乎如何不在乎人生規格地生活。」

「人生規格？」

「你知道，就那些社會有的沒有的期待和條件。你若不符合，就像產品沒通過檢驗。」

他笑了，「我們一直認為世界不夠好，但，也許，根本是我們對世界來說始終不夠好。」

月青問，「你後悔嗎？」

「後悔今天？」

「嗯。」

「我沒得選擇。」

「什麼意思，你沒得選擇？」

「一路走來，我選擇了每一步，走到今天的這一步，是我前面所做的每個選擇的總結，我已別無選擇，只能承受；或用妳的說法，只能接受。喜不喜歡，我已經是我。」

「你不相信命運？」

「這就是命運。我的無數選擇，決定了我的命運。人生是一連串選擇的過程及結果。」

月青承認他說得很有一點哲思。

午夜的廚房沒有煙火氣，不似人間，異常寂然。

毫無預警，他提起水吟，「我如果有選擇，我應該選擇她，但我當年以為自己沒有選擇。我跟她在一起時太快樂了。我滿腦子只有她。我早起，想她；睡前，想她。與她分開時，想她到心痛；當她人就站在我面前，呼吸，微笑，散發她專屬的香味，我的雙臂環抱著她，我還是想她。她看著我時，我的心臟沒由來地怦然跳動，呼吸急促，像個呆瓜不可控制地傻笑，當她移開視線，世界會突然失去光亮，我立刻墮入深黑，沉浸於絕望的深淵。只要我們兩個人在一起，我什麼都不想做，哪裡都不想去。其他什麼人或事或物，我都不需要，完全不想要。因為她已是我的全部。我不認識幸福，當我意識到跟她在一起就是所謂的幸福，我害怕了起來。非常害怕。幸福竟然這麼簡單。不用革命，無需群眾，不必建立社會共識，就這麼輕易地抵達了。只要抱著她就全然滿足，與世無爭。她把我對人間的憤怒不滿全都抽走了。我感到深深不安，強烈的罪惡感攫住我。我驚慌於自己的幸福洋溢。社會仍處處充斥著不公不義，階級森嚴，政權專制腐敗，根本無法保護人民，我的位置應該跟我志同道合的革命夥伴在一起，我們還有那麼多事需要做。而我卻抱著她躺在一起，覺得世界如此美好。我的幸福令我覺得可恥。」

鄭立文霍地站起來，打開冰箱旁邊的低櫃，月青驚訝地看見裡頭藏了兩排高粱酒，他拿出一瓶，找出兩只透明小杯，倒一杯給月青，自己很快仰頭喝乾一杯，又馬上斟滿。

「我拒絕見她，她痛不欲生，幾次寫信，請別人轉交給我，苦苦哀求我重新考慮我的決定。她說，我們在一起是對的，我們應該做對的事。我強迫自己，如同拿刀自斷四肢一樣斬斷我們之間所有的聯繫，還好當時沒有手機、沒有網路，沒有現在這些社交媒體平台，你想一個人從你的視線前不見，她立刻如晨霧受日照般消失於透明空氣之中，彷彿從不存在。但，既便如此，我每天起床第一個念頭就是想死，不知道自己幹嘛還活著。痛楚像癌細胞吞噬了我的全身，我對世界的不滿日漸高漲，如雨水暴漲的河流，淹沒全部的事物。我得到了我想要改革社會的強烈意志以及激情。我要一個更好的世界，因為我已經沒有她了。我聽說她休學一年，我衝到大街上，想在人群中尋找她，但當然那是不可能的事。我希望自己悲慘，我做到了。我從此到處尋找她，以填滿我心中的那個洞。她復學之後，我們在同一校園，卻從來沒碰過。不知道是她故意避著我，還是我們之間真的無緣了。但，我渴望她來找我。我暗暗希望她會不顧一切找我，哭得唏哩嘩啦，抽著鼻子，激動得連話都說不完整，不顧自尊，丟人現眼地，卻還是拼了命站到我面前，哀求我不要放棄她。為什麼有這個匪夷所思的念頭，因為這正是我想對她做的事。然而，我對她做了最差勁的事並不是離開她，回到小芸身邊，而是我最後跟她說的話。」

他仰頭喝乾一杯，喉頭吞嚥聲，表情痛苦，好像剛剛喝下去的不是烈酒，而是毒藥。

感覺停頓很久之後，他才重新繼續說下去，「我對著她，把我那一大套幸福理論洋洋灑灑論述了一遍。那是我們這輩子相處的最後一個小時。我用來對她說教。那個下午她在社團等了我五小時，一直到天黑，我終於出現時，我在社團辦公室外面一瞥見她的身影便掉頭離開，她追在我後面，椰林大道樹影下，我越走越快，她小跑步跟著。到了學校正門口，她氣喘吁吁終於趕上來，由後拉住我的衣袖，我還記得我心臟停了半拍的感覺。我深呼一口氣，轉過身，鼓起全身僅剩的力氣，對視她的雙眼，開始解說何謂幸福，而她如何誤解了愛的真諦。我滔滔不絕，把她當作冥頑不靈的政敵，既試圖教育她，哄騙她，同時又攻擊她，詆毀她，諷刺她，讓她知道她有多麼粗鄙齷齪。我甚至說出，妳若貪戀我們之間做愛的歡愉，以為那是真愛，妳就是頭下等的動物，讓原始本能綁架了自己。我對她說，如果全世界都在崩塌，而她卻只想著自己的幸福，她不是一個自私自利的人，而是一個可惡可恨之人。只想要被愛、但不懂得愛人的人，是永遠沒有資格被愛的，我說，妳不值得幸福。」鄭立文用襯衫袖口擦淚水，月青回身拿了一盒面紙給他。

「無所謂，反正幸福的價值向來被高估了，愛也是。」月青以輕鬆語調。事已至此。或許只是世態如常。

「妳是不是覺得我很爛？」他沙啞地問。

「是。」

「小芸也是這麼覺得。她說她一輩子都不想跟我說話。」

「你活該吧。」

「我想也是。」

兩人各自沉思無言。

「妳去看過她嗎？」鄭立文輕聲問。

「她走了之後？」

鄭立文點頭。

「沒有。你呢？」

「也沒有。」

所有話語皆已多餘。外面霓虹燈不知何時全滅了，黑夜的寒氣隨之侵入，如冰冷湖水淹沒了房間。

月青留他一人在小美家，走之前，她問，「所以，現在的你會選擇她？」

「我不知道。」

「即使你已知道你不應該讓幸福溜走？」

「但我不可能知道，因為幸福從不事先張揚，我們往往都是失去了之後才懂得。」

「嗯，這就是人生吧。」她用日文說再見，「先這樣。」

鄭立文未懂，但點點頭。

關上大樓鐵門的時間快清晨四點。典型台北巷弄，舊樓七層樓高，戶戶裝鐵窗，樓下兩邊停滿私家轎車和摩托車，使得巷道更窄。月青突然很想去看大海。沒有大眾交通工具回淡水，她於是開步走，往城市的北邊。她先沿著市民大道，右轉敦化南路，左轉長春路，直直走到中山北路，經過圓山大飯店，在士林下河道，沿著淡水河，朝出海口前進。她到關渡廟時，旭日未升，但已照亮整座蒼穹，濃淡雲彩之間有一抹山色。經過大片紅樹林時，早起的水鳥朝觀音山方向飛翔，太陽躍上高空，星星與雲霧皆已消失，唯獨月亮仍留戀天際，彷彿不知夜晚已經結束，遲遲不肯離去。等她坐在淡水碼頭，白日的街市生氣勃勃，人們晨運、上學上班，自行車、公車、計程車行駛，空氣中充滿食物的香氣，四周皆是人類活動所製造出來的噪音及人造機器的聲音。

對這個她目前所身處的宇宙而言，又是嶄新的開始。

海水前浪推後浪，不斷輕柔拍岸，她聞到大海的味道，清新沁涼，帶點腥味，她用力呼吸，好像每一口氣都是她最後一次，希望打開自己的胸襟，如同海洋一樣寬廣無涯。她想，難怪他們這些島嶼的孩子總是喜歡大海。心情不好，就想來海邊吹風。大海截斷他們的去路，讓他們領悟自己的限制，同時又以前方無邊無際的開闊，告訴他們，世界蘊藏了各式各樣的事物，他們都還未見識過，美麗的，醜惡的，危險的，良善的，邪惡的，看得見和看不見的，等著他們去想像、去發掘。大海呼喚著他們，就像未知向他們招手，又如海妖唱著好聽的歌，勾引著天真的水手。

她站起來，面對大海，在她腦海裡，朝大海大喊大叫。

現實中，路人只看見一個長相普通到轉頭就忘記的中年女子站在那裡，嘴唇蒼白，容顏因為熬夜而更顯憔悴，穿著淺灰連帽運動衣和黑色牛仔褲，長髮隨手紮成馬尾，呆呆看著大海，不知在想什麼。她或許正在詛咒剛分手的情人，發誓明天開始要做一個幸福的人。或許她發現，一不小心她已經到了海的另一頭，過去變成一個陌生的國度，昔日的自己已是異邦人，說著她不理解的外語，從今以後，即便她飄洋過海再久，航行得再遠，都再不能與舊日的自己重聚相認。或許她只是在想，待會要吃什麼早餐，之後再睡個回籠覺。看她專注的神情，也或許，她只是在享受眼前的大海，徜徉於這個當下。別人不理解的一刻，平凡無奇，卻閃耀著她生命的美麗靈光。

他們四十六歲那年深冬，一個依然綠意盎然的十二月早晨，戶外光線很美，照得台北市光燦燦像一幅畫，充滿生命的詩情。月青站在窗邊，喝著咖啡滑手機，從網路陌生人的貼文讀到湯姆過世的消息。據說他打過幾通電話，希望和老朋友聚聚，接到電話的人滿口答應，等有空時一定約。每個人都有自己的人生要忙，生活充滿各式零碎的，以及不可名狀的，分分秒秒，意志力的掙扎、內心的追尋與苦悶，時間不知不覺就過了。

沒等到春暖花開，湯姆走了。

「先這樣。」湯姆會對她這麼說。她想。

先這樣。

【全書終】

後語

我不相信世代標籤，但相信時代的影響。這本小說寫了十年，因為那涉及我輩之人的青春以及所經歷的時代，難免近鄉情怯。

青春是生命賜給每一個人最貴重的禮物，確實就像春天的花，繁盛、繽紛，生命的艷陽下，發出懾人的光亮，代表了極致的生之光輝。花不自知脆弱，兀自璀璨，然而，隨便一陣凌亂馬蹄路過、不知從何而來的狂風暴雨，花蒂立即折斷，花瓣落地，剩下的僅是計較腐爛的速度快慢而已。青春總是莫名其妙結束，而我們畢竟年輕過。就算提早明白青春是人生的奇蹟、短暫的特權，就能逆轉命運的無常、躲過世界的殘酷嗎？我想，不能。懵懂之中，花只能拼命盛開著，直到不能為止，直到大自然快速終結了我們的花期。

不曾擁有，沒有遺憾；最後得到的，只有自己有意無意拼命揮霍掉了的每刻瞬間。

謝謝老友林哲之願意與我通電話，幫我填補了不少記憶的細節，謝謝好友許秦蓁當我第一個讀者，還順手校對錯字。在這個書籍印刷艱難的新世紀，謝謝麥田出版社，秀梅對文學的堅持，對我這個寫作者起了極大的鼓舞。謝謝小天使元溥，關鍵時刻兩肋插刀，隔海協助我排除萬難，國瑭當年在新宿街頭的深夜塗鴉因此能夠穿越時光的灰塵，成為這本新書的封面，也成為我個人生命中深刻的事物之一。

最後，謝謝摯友辜國瑭，他給了我這個故事。我終於寫出來了，國瑭，我希望你會喜歡。

國家圖書館出版品預行編目資料

二十歲 / 胡晴舫著. -- 初版. -- 臺北市：麥田出版, 城邦文化事業股份有限公司出版：英屬蓋曼群島商家庭傳媒股份有限公司城邦分公司發行, 2024.05
面； 公分. -- (麥田文學；331)
ISBN 978-626-310-662-8(平裝)

863.57 113004523

麥田文學 331

二十歲

作者	胡晴舫
責任編輯	陳佩吟
版權	吳玲緯 楊 靜
行銷	闕志勳 吳宇軒 余一霞
業務	李再星 李振東 陳美燕
副總編輯	林秀梅
編輯總監	劉麗眞
發行人	何飛鵬
事業群總經理	謝至平
出版	麥田出版 城邦文化事業股份有限公司 台北市南港區昆陽街16號4樓 電話：886-2-2500-0888 傳真：886-2-2500-1951
發行	英屬蓋曼群島商家庭傳媒股份有限公司城邦分公司 台北市南港區昆陽街16號8樓 客服專線：02-25007718；25007719 24小時傳眞專線：02-25001990；25001991 服務時間：週一至週五上午09:30-12:00；下午13:30-17:00 劃撥帳號：19863813 戶名：書虫股份有限公司 讀者服務信箱：service@readingclub.com.tw
城邦網址	http://www.cite.com.tw 麥田部落格：http://ryefield.pixnet.net/blog 麥田出版Facebook：https://www.facebook.com/RyeField.Cite/
香港發行所	城邦（香港）出版集團有限公司 香港九龍九龍城土瓜灣道86號順聯工業大廈6樓A室 電話：852-25086231 傳眞：852-25789337 電子信箱：hkcite@biznetvigator.com
馬新發行所	城邦（馬新）出版集團 Cite（M）Sdn. Bhd.（458372U） 41, Jalan Radin Anum, Bandar Baru Seri Petaling, 57000 Kuala Lumpur, Malaysia. 電話：+6(03)-90563833 傳眞：+6(03)-90576622 電子信箱：services@cite.my
封面設計	朱疋
圖片提供	胡晴舫
電腦排版	宸遠彩藝工作室
印刷	前進彩藝有限公司
初版一刷	2024年05月28日
初版二刷	2024年07月17日

定價／400元
ISBN：978-626-310-662-8
9786263106604 (EPUB)

城邦讀書花園
www.cite.com.tw